Zwischen den Welten

Michael Graf

Zwischen den Welten

Ganz und gar unglaubliche Geschichten

Erzählungen

Die Deutsche Nationalbibliothek verzeichnet diese Publikation in der Deutschen Nationalbibliografie; detaillierte bibliografische Daten sind im Internet über http://dnb.de abrufbar.

Herstellung und Verlag: BoD – Books on Demand, Norderstedt

ISBN: 9783753417530

Für alle, die es *spooky* mögen

Gespenster

Großmutter Juli, väterlicherseits, stammte aus Südosteuropa. Nicht eben aus Transsylvanien, aber doch aus einer Region, die kulturell nicht allzu weit davon entfernt gewesen sein mochte.

Sie hatte gerade die ersten Klassen einer fragwürdigen Grundschule besucht und war entsprechend ungebildet. Dafür steckte sie voller Aberglauben. Ein altes Weiblein mit Kopftuch und voluminösen Röcken lebt sie in meiner Erinnerung. Sie besaß nur noch einen Zahn, mit dem sie an ihren Speisen zu knabbern pflegte, wie ein grotesker Nager.

Aber ich liebte sie.

Zwar galt sie als geizig und hielt ihre Siebensachen eifersüchtig beisammen, doch auf mich wartete stets eine Leckerei, wenn ich sie in ihrer vollgestopften Einzimmerwohnung besuchte. Dazu hütete sie einen Schatz von Geschichten, mit denen sie mich immer aufs Neue in ihren Bann zog.

Ihre Geschichten erzählten von Mord und Totschlag, von Gestorbenen, die ihre Nachkommen heimsuchten oder sonst arglose Zeitgenossen in tödliche Bedrängnis brachten und von anderen Schrecken, die alle aufzuzählen nicht nötig ist.

Noch heute kann ich keinen Friedhof besuchen – schon gar nicht nach Einbruch der Nacht – ohne an die junge Frau zu denken, die wegen einer Wette eben dies tat und zum Zeichen ihrer Anwesenheit einen Pflock in ein bestimmtes Grab stecken sollte. Natürlich geriet unbemerkt ihr Rocksaum in den Weg und sie starb vor Schreck, weil sie glaubte, der Tote hielte sie fest.

Ähnlich tragisch verlief der Horrortrip einer Magd, die ihre Herrschaft nach Wein in den dunklen Keller schickte. Die Unglückliche hatte bei jedem Schritt geisterhafte Schleifgeräusche hinter sich vernommen und im Kerzenlicht nichts gesehen, sobald sie sich umdrehte um nach der Ursache zu forschen. Man fand sie mit einem langen Strohhalm an der Kleidung kalt und starr in einer Lache roten Weins.

In meinem Berufsleben als Soldat weilte ich an manchem obskuren und unheimlichen Ort, mit anderen, aber auch allein. Ein Postenauftrag hieß mich eine Nacht an der Mauer eines Friedhofes ausharren. Ich nächtigte in verfallenden Häusern, in schaurigen Ruinen, querte Wald voller Geräusche und Stimmen.

Später war nüchterne Technik mein Metier. Ganz selbstverständlich beschäftigte ich mich mit Computern. Doch wenn ich einen Raum verlasse und das Licht hinter mir ausschalte, läuft ein eisiger Schauder über meinen Rücken. Ich muss mich zwingen meinen Schritt nicht zu beschleunigen.

Wen wundert es da, dass es in unserem Haus spukt?

Das Haus freilich ist modern, jetzt gerade vierzig Jahre alt. Es besitzt keine blutige Geschichte. Niemand ist darin gestorben. Ich weiß aus eigener Anschauung, was hinter welcher Mauer ist. Das Innere ist hell und freundlich. Und doch ist es voller unerklärlicher Phänomene.

Eine Tür öffnet und schließt sich hörbar, aber ich bin allein. Die Luft aus einem ledernen Sesselpolster entweicht mit typischem leisem Zischen, als setze sich jemand darauf. Aus der Küche vernehme ich das harte Abstellen eines Bechers auf der Arbeitsfläche aus Kunststoff, aber dort ist niemand. Am Rand meines Sehfeldes registriere ich eine Bewegung. Ich fahre herum. Nichts! Nichts?

Die Röcke meiner Großmutter wehen durch das Haus.

Transit

Es war ein strahlender warmer Sommertag, wie er kaum schöner hätte sein können.

Über einen azurnen Himmel zogen flache kleine Schönwetterwolken gleich einer Schafherde beim Grasen, getrieben von einem verspielten Lüftchen, das die reifenden Saaten sich wassergleich kräuseln und an den Bäumen die Blätter flüstern ließ. Vereinzelte Vogelstimmen und das Gesumme ungezählter Insekten erfüllten die Luft. Von nicht allzu fern waren Geräusche eines Dorfes zu vernehmen: Hundegebell, das Tuckern eines Traktors und andere, nicht näher einzuordnende Laute.

Der Mann befand sich auf halbem Weg zum Nachbarort.

Er war mittelgroß und schlank, sommerlich gekleidet, mit blondem halblangem Haar, das der kaum spürbare Wind leichtfertig zerzauste. Sein schmales, gebräuntes Gesicht spiegelte die Heiterkeit und die Kraft des Tages wider und von seinen gespitzten Lippen tönte leises Pfeifen, die Melodie eines gängigen Schlagers.

Vorbei an den Apfelbäumen, die in regelmäßigen Abständen den staubigen Schotterweg säumten, schritt er gemächlich, doch zielstrebig dahin. Er wusste, dass der Weg einen weiten Bogen um den Wald beschrieb, der sich zu seiner Linken in einiger Entfernung hinzog und hatte längst beschlossen, eine Abkürzung durch diesen hindurch zu wählen, die ihn nicht nur eher ans Ziel zu bringen, sondern seinen Gang im Schatten der hohen Bäume angenehm kühl zu gestalten verhieß.

Die Abkürzung war ihm wohlbekannt. Er hatte sie auf seinen häufigen Besuchen von Dorf zu Dorf immer wieder genommen, wenn das Wetter es zuließ. Bei Regen empfahl sie sich nicht. Der Weg durch den Forst war dann schlammig und rutschig, hoher Bewuchs schlang sich feucht um die Hosenbeine und von oben her ergossen sich prasselnd Schauer von Tropfen, die sich aus dem Laub- und Nadelwerk lösten.

Solche Ungemach brauchte er heute nicht zu fürchten.

Er erreichte die Heckenrose, an der ein kaum sichtbarer Feldweg abbog, welcher ihn durch den Wald führen würde und wandte sich ohne Zögern nach links. Sein Schritt beschleunigte sich ungewollt, da der Untergrund sich mit einigem Gefälle dem Saum des Waldes zuneigte, der mit seinen ragenden Fichten und Buchen höher und höher vor ihm aufwuchs. Nach wenigen Minuten überschritt er die Trennlinie zwischen Wiese und Wald, zwischen Licht und Schatten.

Wie immer überlief ihn ein leiser Schauder, hervorgerufen durch den Wechsel von Beleuchtung und Temperatur, beide einige Grade gedämpfter unter der Präsenz der schirmenden Baumwipfel, die zugleich das Blau des Himmels bis auf verstreute Flecken ausschlossen. Stämme drängten sich um ihn und erschienen als undurchquerbares Gewirr, je weiter er zwischen ihnen hindurch ins das dämmerige Innere des Waldes blickte. Da gab es keine Lücken, kein Blau, nur dünne Bahnen und Bänder von Licht, die sich von oben her im leichten Dunst manifestierten wie Strahlen von Scheinwerfern.

Er lauschte in die Schattenwelt der Bäume und vernahm als Grundmelodie das Rauschen der Wipfel, vermischt auch hier mit dem Summen von Millionen Insektenflügeln. Dazwischen leises Wispern und Zwitschern von Vogelstimmen. In der Nähe suchte ein Specht Larven und Maden unter der Rinde eines trockenen

Baumes. Seine Trommelwirbel gaben diesem Konzert einen gewagten Rhythmus.

Aus der Tiefe des Waldes ertönte ein hohes langgezogenes Klagen, ein eintöniger unmodulierter Ton, der jeweils einige Augenblicke anhielt und sich in kürzeren Abständen wiederholte. Er sah sich nicht in der Lage ihn einer bekannten Quelle zuzuordnen und registrierte, dass er ihm leichte Gänsehaut verursachte. Dürre Hölzer knackten leise unter seinen Schritten und trockenes Laub raschelte, wenn er eine der stattlichen Buchen passierte.

So schritt er voran, und allmählich aber unübersehbar veränderte der Wald seinen Charakter. Mehr und mehr fehlten markante Laubbäume, fanden sich durch gleichförmige Fichten ersetzt. Nicht weit voraus stand wie eine schwarze Wand das Dickicht aus halbwüchsigen Bäumen der gleichen Art, dicht und ineinander verfilzt, dass sie gewiss noch nie die lichtende Axt eines Waldarbeiters erfahren mussten. In der Mitte, gleich einem schwarzen Loch, welches kein Licht entweichen lässt, die Öffnung, in der sich sein Weg verlor.

Nach ein paar hundert Schritten trat er mit unmerklichem Zaudern hindurch.

Der Übergang traf ihn so radikal, dass er einen Augenblick stehen blieb, um sich zu sammeln. Die unglaublich eng stehenden Bäume, die an ihren Stämmen noch alle – wenn auch verdorrten – Zweige trugen, filterten scheinbar jedes Quäntchen Licht und erlaubten nur eine Beleuchtung, die ihm selbst nach dem dämmerigen Wald fast wie totale Finsternis anmutete. Zugleich sank die Temperatur nochmals um einige Grad. Er begann zu frösteln. Entschlossen zog er die Schultern zusammen und machte ein paar tastende Schritte nach vorn. Seine Augen würden sich alsbald an die herrschenden Verhältnisse anpassen.

Unter seinen Sohlen fühlte er jetzt einen dicken Teppich gefallener Nadeln, die jeden seiner Schritte bis zur Unhörbarkeit dämpften. Selbst das Knacken von zertretenen Zweigen war nicht mehr zu vernehmen, so sehr er auch horchte. Ihm fiel auf, dass er keine Vogelstimmen auffing und ... ja, selbst das Summen der Insekten im Hintergrund war nicht länger auszumachen. Nur das Rauschen der Wipfel gelangte noch in seine Ohren, doch selbst das hatte eine andere Qualität angenommen, eintöniger, gleichmäßiger, wie das weiße Rauschen zwischen zwei Kanälen im Radio. Er begann wieder seine Melodie zu pfeifen, die er beim Betreten des Waldes instinktiv beendet hatte, um die Atmosphäre nicht zu stören. Doch sie klang stumpf, als sei er von Watte umgeben.

Er verstummte erschrocken.

Entgegen seinen Erwartungen stellten sich seine Augen nicht auf die tiefe Dämmerung ein. Im Gegenteil: Er vermeinte weniger zu sehen, als Augenblicke zuvor. Außerdem schien es noch kühler geworden zu sein. Jetzt, da er daran dachte, empfand er die Temperatur geradezu kalt. Er hielt erneut an und schaute zweifelnd nach vorn. Schwärze empfing seinen Blick. Das irritierte ihn, weil es ihm zuvor nie so erschienen war. Sollte inzwischen Bewölkung den Himmel verhüllt haben? Unsinn, an einem Tag wie diesem war das ausgeschlossen, vor allem in dieser Schnelligkeit.

Ihn beschlich das ungute Gefühl, er sei schon viel zu lang in dem Dickicht. Schließlich waren es höchstens zwei-, dreihundert Meter bis in den Hochwald. Er entschloss sich beschämt zur Umkehr. Unsicher tappte er zurück, ängstlich, einen Fehltritt zu tun. Er schaute nach unten und erschrak: Er konnte seine Füße nicht sehen. Ein Blick rundum ließ Panik aufkommen. Selbst die Bäume beiderseits des Weges waren nicht mehr auszumachen. Er bewegte sich in völliger tintiger Schwärze und es war so kalt, dass seine Glieder schlotterten. Mit einem Rest Vernunft unterdrückte er den Impuls zu rennen. Er würde sich unweigerlich verletzen.

So schritt er in vollkommener Dunkelheit dahin, vorsichtig Schritt vor Schritt setzend. Um sich fühlte er die Kälte mit gierigen Fingern nach ihm greifen, in seinen Ohren war nichts als das gleichmäßige Rauschen. Dann überkam ihn das Gefühl, er sei nicht allein. Ohne etwas zu sehen glaubte er, ja wusste er ganz sicher, dass neben ihm, vor ihm, hinter ihm Andere gingen wie Automaten, in der Schwärze isoliert wie er selbst. Millionen, in einem endlosen Nichts. Eisiges Entsetzen erfüllte sein Herz.

Nachdem er lange Zeit gegangen war, wusste er, dass sein Weg durch die Finsternis nie mehr enden würde.

Traum

„Bist du sicher", sprach die Erwählte und korrigierte sich sogleich: „Natürlich bist du es. Sonst wärest du nicht gekommen."

Ihr Gesprächspartner schaute unglücklich, für einen Trau eine glatte Sensation.

„Wir können nichts tun", entgegnete er, „ich meine, wir brauchen auch nichts zu tun. Es passiert von selbst."

„Wie weise", meinte die Erwählte und es klang ein wenig wie Spott. Dabei gehörte Spott nicht zum Repertoire der Traum.

Diesmal brachte es der Angesprochene fertig irritiert auszusehen. Er schwieg.

„Wann?" Die Erwählte klang müde. „Ich meine, wie lange noch?"

Das ebenmäßige Gesicht, das gerade noch Verwirrung angezeigt hatte, verwandelte sich blitzschnell in ein Bild der Zufriedenheit. Auf diese Frage konnte er erschöpfend und exakt Auskunft erteilen. Schließlich war er Wissenschaftler. Und nicht nur das: Vor der Erwählten stand die absolute Kapazität auf diesem Fachgebiet. Das heißt, tatsächlich saß Algon, in einem überaus bequemen Sitzmöbel, wie es nur aus der Produktion der Traum herrühren konnte. Selbst die Erwählte wäre niemals so unhöflich gewesen einen anderen Trau vor sich stehen zu lassen.

„Weniger als zehn Umläufe." Algon sah aus, als habe er gerade das Tor der ewigen Weisheit geöffnet. „Um genau zu sein", ergänzte er dann, „neun Umläufe, vier Haupttrabantenphasen, sieben Lichtperioden, ..."

„Das reicht", unterbrach die Erwählte und wieder klang es müde, doch zugleich bedauernd, weil sie Algon ins Wort gefallen war. Es galt als extrem unhöflich, jemand nicht ausreden zu lassen, aber die Erwählte wusste aus langer Erfahrung, dass Algon sie zum Einschlafen bringen würde, ließe sie ihn gewähren.

Algon schaffte es, seinem Gesicht einen beleidigten Ausdruck zu verleihen.

„Wenn du sowieso schon alles weißt", hub er an und ließ seine Klage vorsätzlich im Nichts enden.

„Nein, nein", sagte die Erwählte rasch. „Du hast mich völlig überrascht. Ich wollte keinesfalls unhöflich sein, aber du weißt ja, wie wenig ich von deiner Wissenschaft verstehe."

Algons Züge wechselten zu völliger Glückseligkeit. Dies war der Moment, der sein ganzes Dasein krönte. Die Erwählte hatte gerade verkündet, dass er – Algon – mehr wusste als sie selbst.

Sie starrte eine endlose Weile stumm vor sich hin. Immer hatte sie es befürchtet und nun war der Alptraum Wirklichkeit geworden. Tra, ihre wunderbare Heimatwelt, würde von ihrer sterbenden Sonne Rhu verschlungen, die Kultur der Traum im Aufblitzen unvorstellbarer Energien für immer ausgelöscht werden. Die Erwählte sah den Planeten unter dem zartgrünen Himmel, seine Meere, Seen und Flüsse, die sanften Hügel und die lieblichen Täler, die üppigen Wälder, die bunten Wiesen. Sie dachte an die anmutige Architektur seiner Städte und all das Schöne und Kostbare, das ihre Art in Jahrtausenden des Friedens und der Harmonie aufgebaut hatte. Alles dahin in einem einzigen Augenblick sinnloser Zerstörung.

Schließlich fixierte ihr Blick den strahlenden Algon.

„Was schlägst du vor?", erkundigte sie sich.

„Nun", begann Algon, dann machte er eine Pause um nachzudenken, was er vorschlagen konnte. Seine Gedanken rasten, aber sie fanden kein Ziel. Allmählich breitete sich Ratlosigkeit in seinem Gesicht aus. Wenn er ehrlich war – und das war ein grundlegender Wesenszug der Traum – musste er eingestehen, dass er keinen Rat zu erteilen hatte. Außerdem war ihm bewusst, dass die Denkpause sich allmählich in die Länge zog.

„Äh", brachte er endlich hervor, „wir … äh … werden überleben."

„O", die Erwählte gestattete sich leichten Sarkasmus, „ich freue mich das zu vernehmen."

In ihrem Geist empfand sie gelinden Ärger über Algon und sogleich tat ihr diese Erkenntnis Leid. Natürlich würden die Traum überleben, keine Katastrophe konnte ihnen etwas anhaben. Sie waren faktisch unsterblich, Wesen, die ihrer stofflichen Körper im Grunde nicht bedurften. Aber auf der anderen Seite boten diese Vorzüge, auf die die Erwählte wie wahrscheinlich alle Traum nicht verzichten mochten.

Sie ließ im Geist einen Spiegel entstehen in dem ihr Abbild erschien. Von dem, was sie sah, war sie mehr als angetan. Ihre materielle Hülle zeigte sich makellos, obwohl sie sich – selbst nach Maßstäben der Traum – als uralt bezeichnen durfte. Sie dachte an schmecken, riechen, fühlen …

Nein, auf ihren Körper wollte sie keinesfalls verzichten.

„Gibt es wirklich keine bessere Lösung, als nur zu überleben?" Sie sprach die Frage aus und wusste zugleich die Antwort. Doch sie behielt die letztere für sich. Sie musste Algon dazu bringen, sie zu finden. Das war sie seiner Selbstachtung schuldig. Also fügte sie an: „Was ist mit Sol III?"

Algons Gesicht leuchtete auf und verdunkelte sich sogleich wieder.

„Sol III", wiederholte er mit einem träumerischen Klang in der Stimme und dachte, ja, das wäre eine Alternative, wenn nicht ...

„Es geht nicht", beschied er sie dann. „Du weißt, dass uns dies nicht möglich ist."

Sol III war ein Planet in einer benachbarten Galaxis, den die Traum seit langem observierten, weil sie nach einem Ausweg aus dem möglichen Dilemma mit Rhu suchten. Sol III hatte alles, was die Traum liebten. Der Planet war fast ein Zwilling ihres eigenen, nur sein Himmel leuchtete blau. Das Problem war eine Spezies, die den Planeten bewohnte und an der Schwelle zur Intelligenz stand. Zwar lebte sie die meiste Zeit auf Bäumen und war insgesamt noch ziemlich animalisch, aber es war den Traum klar, dass sich das über kurz oder lang ändern werde. Ihre Ethik verbot ihnen von einer solchen Welt Besitz zu ergreifen.

Die Erwählte lächelte unmerklich.

„Nun gut", sinnierte sie. „Sie tun etwas Ähnliches wie denken, aber sie nutzen ihr Gehirn nicht aus. In der Schlafphase liegt es vollkommen brach."

Algon zuckte innerlich zusammen. Ein Gedanke erfasste ihn, der so ungeheuerlich schien, dass er ihn nicht auszusprechen wagte. Er starrte die Erwählte an und empfand sogleich das Ungehörige der Situation. Doch sie schien nichts zu bemerken. Ihr Blick war irgendwie ... aufmunternd.

„Du meinst ..." brachte Algon schließlich über die Lippen und ließ das letzte Wort in der Luft hängen.

„Ja", nickte die Erwählte.

„Wir nehmen von ihnen Besitz, ohne ihnen zu schaden." Algon sprach den Gedanken schließlich aus. „Wir nutzen die brache Kapazität ihres Gehirns und haben so Teil an ihren Körpern. Es könnte zum beiderseitigen Nutzen sein."

„Du bist genial", erwiderte die Erwählte und Algon erglühte, wie von innen beleuchtet. Dann setzte er noch eins drauf.

„Wir benutzen die Energie der Katastrophe für unseren Transport."

Die Erwählte blickte Algon bewundernd an, während sie einen unhörbaren Seufzer der Erleichterung ausstieß.

Auf der fernen Erde wusste niemand etwas von all dem. Auch die furchtbare Explosion in einer benachbarten Galaxie blieb den Wesen der beherrschenden Art verborgen. Aber sie verließen nach und nach ihre Bäume.

Und sie begannen zu träumen.

Gefährliches Spiel

Fips litt Todesängste.

Dicke Schweißtropfen glänzten auf seiner blassen Stirn. Sein Herz raste so beängstigend, dass er jeden Augenblick erwartete, es werde aus dem Rhythmus geraten und seinen Dienst einstellen. Aber das war fast egal. Er würde sowieso sterben, auf andere schreckliche Weise, bei deren Vorstellung ihm ein einfacher Herzstillstand als eine angenehme, freundliche Alternative anmutete.

Nur nicht daran denken.

Sobald er das Entsetzliche zu einem klaren Gedanken werden ließ, war alles aus. Darin lag sein Problem. Teuflisch daran war, dass sein Geist in jedem unbeaufsichtigten Moment versuchte, sich mit der Gefahr auseinander zu setzen. Je mehr er sich mühte seine Gedanken in eine harmlose Richtung zu lenken, desto stärker ballten sich die dunklen drohenden Wolken in seinem Bewusstsein zusammen um irgendwann die Fesseln seiner Kontrolle zu sprengen und ihn zu vernichten.

Fips hatte sich auf etwas eingelassen, das ihm zuerst gar nicht bewusst gewesen war und dessen er nun nicht mehr Herr werden konnte. Dazwischen hatte er kühl seine Möglichkeiten ausgelotet und insgeheim genossen, dass er der einzige Mensch auf Gottes Erdboden war, der davon wusste. Es war sein Geheimnis gewesen. Nun war es sein Fluch.

Er war verdammt.

Sein richtiger Name lautete Philipp. Doch schon als kleines Kind riefen ihn seine Geschwister Fips. Er ärgerte sich darüber und es war ein Fehler gewesen, sich ihnen zu offenbaren. Hatten sie zuvor ohne Hintergedanken seinen Namen verstümmelt, so taten sie es alsbald mit kindlicher Bosheit und in voller Absicht ihn herauszufordern.

Er konnte nichts dagegen tun und nachdem Freunde und Eltern arglos die Angewohnheit übernahmen, resignierte er scheinbar. Denn tief in seinem Inneren verblieb ein diffuser Groll, der hin und wieder klare Gestalt annahm. So auch an jenem Tag, als er Annalena in die italienische Eisdiele ausführte, das Mädchen heftig verliebt anhimmelnd.

Sein älterer Bruder Alexander war mit einer Horde von Freunden atemlos hereingestürmt.

„Hey Fips“, rief er ihm zu, kaum dass er ihn erspähte.

Annalena lachte hell auf. Es war ein fröhliches Lachen und keinesfalls verletzend gemeint. Doch Fips verspürte eine jähe Wut über seinen Bruder aufwallen.

„Wenn du dir doch die Gräten brechen würdest“, schoss ihm kurz durch das Bewusstsein, bevor er seine Aufmerksamkeit wieder Annalena zuwandte um ihr die Frage zu beantworten, wie er zu diesem Spitznamen gekommen sei.

Am Abend stolperte Alexander auf der Kellertreppe und brach sich den rechten Oberschenkel, als er alle Stufen hinunterstürzte. Dass sein finsterer Wunsch in Erfüllung gegangen war, machte Fips betroffen. In Wahrheit hegte er gar keinen Groll mehr gegen seinen Bruder, tatsächlich hielt seine Verärgerung nur kurze Zeit an, nachdem Annalena ihm ihr harmloses Lachen durch ihre Zuwendung reichlich vergalt.

Nun fühlte er sich schuldig am Unglück seines Bruders. Erst nach quälenden Grübeleien und ziemlich schlechten Gefühlen im Bauch kam er zu der erlösenden Erkenntnis, dass er für diesen dummen Zufall nicht verantwortlich war. Bald dachte er nicht mehr daran. Dabei wäre es vermutlich geblieben, hätte sich nicht die Sache mit seinem Vater ereignet.

Fips liebte seinen Vater.

Doch wie zwischen Vätern und Söhnen üblich, trübte sich ihr kameradschaftliches Verhältnis gelegentlich, verkehrte sich manchmal in Konfrontation. So auch in diesem Fall. Fips hatte wohl anderen Interessen zu lang Vorrang eingeräumt und seine schulischen Pflichten dabei arg vernachlässigt. Jedenfalls entdeckte er in der Tagespost einen Brief seiner Schule, der, obschon nicht in einem blauen Umschlag, keinen Zweifel über seinen Inhalt zuließ.

Den ganzen Tag war Fips hin- und hergerissen zwischen dem drängenden Wunsch das verhängnisvolle Dokument einfach verschwinden zu lassen und dem trotzigen Entschluss dem heranziehenden Unwetter keck die Stirn zu bieten. Bis zum Abend traf er keine Entscheidung und als sein Vater nach Hause kam, lauerte die Katastrophe tückisch zuunterst in der Postschale. Es kam wie es kommen musste.

Sein Vater machte ihm zornige Vorhaltungen. Fips reagierte verstockt. Beide gerieten immer tiefer in ein scheinbar auswegloses Wortgefecht, das darin gipfelte, dass der Vater ihn einen Versager nannte. Fips zog sich tief gekränkt in sein Zimmer zurück, wo er noch tiefer in finsteren Gedanken versank.

Vor dem Einschlafen flammte wie eine Neonschrift ein Gedanke in Fips' Bewusstsein: „Es wird sich zeigen, wer ein Versager ist!"

Am Frühstückstisch war die Stimmung erwartungsgemäß getrübt, aber schon abends verkehrten beide wieder miteinander, als wäre nichts gewesen. Doch am Wochenende stellte Fips bei seinem Vater wiederum eine Veränderung fest, er war in sich zurückgezogen und unwirsch. Fips fühlte sich irritiert, weil er ein solches Verhalten von seinem Vater nicht kannte. Später vertraute die Mutter ihm an, dass er den Job verlieren würde.

Sofort fiel Fips der unglückselige Abend ein: der Streit. Hatte er seinem Vater Böses gewünscht? Er war sich nicht sicher. Fest stand jedoch, dass er in Frage gestellt hatte, wer wirklich ein Versager sei. Und nun musste sein Vater sich als ein solcher fühlen. Er, Fips, war daran schuld. Hatte sich nicht sein Bruder das Bein gebrochen, als er ihn zornig verwünschte?

Aber das war lächerlich.

Er lebte im 20. Jahrhundert und nicht in einem Märchen. Seit jenem Abend hatte sich an seiner misslichen Lage nichts geändert, immer noch war die Versetzung gefährdet. Nur gab es jetzt anscheinend zwei Versager. Das hatte er keinesfalls gewollt. Fips erlebte sich verwirrt und nachdenklich. Wieder und wieder tauchten aberwitzige Gedanken aus seinem Unterbewusstsein auf und beschäftigten ihn. Je nach Stimmungslage lachte er darüber oder war beunruhigt.

Dann stabilisierte sich seine Situation in der Schule. Er kassierte eine gute Note nach der anderen, bei Klausuren, Extemporalen und Abfragen. Dabei tat er keineswegs mehr als zuvor, eher weniger. Als das Schuljahr zu Ende ging, war keine Rede mehr von versagen.

Fips war elektrisiert.

Zum ersten Mal beschloss er ganz bewusst sein geheimnisvolles Talent zu testen. Schließlich musste er wissen, woran er war. Er besorgte sich einen Lottoschein und kreuzte beliebige Zahlen an. Am Abend vor dem Einschlafen stellte er sich vor, er werde gewinnen. Deutlich sah er das viele Geld vor sich, alle die tollen Sachen, die er sich würde kaufen können. Er schwelgte in Vorfreuden und dämmerte dabei allmählich in den Schlaf hinüber. Sein letzter Gedanke war: „Alles Quatsch, es klappt ja doch nicht."

Die Ziehung der Lottozahlen am Samstag traf ihn wie der Blitz. Alles richtig! Nicht ein einziges Mal hatte er daneben getippt. Er glaubte, sein Herz müsse stillstehen. Und dann hielt es wirklich für einen Augenblick inne. Eisiges Entsetzen erfüllte ihn, hervorgerufen von zwei Erkenntnissen. Er konnte Wünsche wahr werden lassen und – er hatte den Lottoschein nicht abgegeben.

Langsam beruhigte er sich wieder. Das mit dem Lottoschein war kein Unglück, wenn die erste Erkenntnis stimmte. Er musste sich weitere Beweise verschaffen. Sobald er sich seiner Fähigkeiten ganz sicher war, gehörte ihm die Welt. Aber gemach, er würde mit Verstand vorgehen.

Eine Gelegenheit ergab sich rasch. Seine Mutter schimpfte in der Küche über die antiquierte Einrichtung. Alles war abgenutzt, die Türen gingen nach der falschen Seite auf und die Elektrogeräte funktionierten nicht mehr richtig. Fips stellte sich seine Mutter vor, wie sie in einer neuen modernen Küche hantierte. Allerdings blieb ihm unklar, auf welche Weise sie dazu kommen könnte. Sein Vater war inzwischen arbeitslos.

Ein paar Wochen vergingen und Fips hätte fast wieder alles vergessen. Dann starb unerwartet die Großmutter. Neben etwas Bargeld hinterließ sie seiner Mutter eine moderne Kücheneinrichtung, die sie erst kürzlich neu erworben hatte. Nun konnte es keinen Zweifel mehr geben, doch Fips fühlte sich zutiefst schuldig am Tod der Großmutter. Neben Reue und Trauer blieb auch Raum für die Einsicht, dass sein Talent ohne Zweifel eine dunkle Seite hatte.

In Zukunft musste er äußerste Vorsicht walten lassen.

Zögernd wagte er diesen und jenen Wunsch, kleine harmlose Begierden. Über kurz oder lang erfüllten sie sich allesamt. Ein oder zweimal gönnte er Mitmenschen ein Missgeschick, jedoch nur ein geringes. Auch das traf ein. Dann kam eine günstige Gelegenheit. Er stieß auf ein Preisausschreiben, dessen Hauptgewinn eine Reise nach Australien war. Fips nahm teil und sah sich als Gewinner. Tatsächlich gewann er die Traumreise.

Und nun saß er im Flugzeug und wusste, dass er am Ende war. Zwar konnte er sich retten, wenn er den tödlichen Gedanken sich nicht artikulieren ließ. Doch dieser drängte mit aller Macht hervor wie Wasser durch mürbe Hindernisse. Er konnte ihn nicht länger zurückhalten. Fips gab auf: Das Flugzeug würde abstürzen.

Nun war es gedacht.

Alles Weitere war eine Frage der Zeit. Eine Tragfläche würde abbrechen, ein Triebwerk sich lösen oder die Maschine ganz einfach explodieren. Fips und alle anderen mussten in die vernichtende Tiefe stürzen, hilflos den grausamen Aufprall erwartend. Sie würden zerrissen werden oder verbrennen und als schaurig verkohlte Leichen zwischen bizarren Trümmern über eine weite Fläche verstreut liegen bleiben.

Fips stöhnte laut auf.

Vom Sitz nebenan beugte sich der nette alte Herr zu ihm herüber. „Na, junger Mann", fragte er ruhig, „Flugangst?" Fips wandte sich ihm zu. Er schaute in freundliche blaue Augen, sah silbriges Haar, ein beruhigendes Lächeln. Er begann zu erzählen. Zuerst langsam und stockend, dann flüssiger und schließlich sprudelte alles aus ihm heraus.

Der alte Herr hörte aufmerksam zu, nickte hin und wieder oder schüttelte den

Kopf. Er unterbrach ihn nicht. Dann, als Fips fertig war, blieb er eine Weile still.

„Da haben Sie sich auf etwas Schlimmes eingelassen", murmelte er schließlich, „hört sich an wie sich selbst erfüllende Prophezeiungen."

Fips starrte verständnislos.

„Das waren alles Zufälle, " erklärte der Alte, „verblüffend zwar, aber nichts als Zufälle. Sie haben einen Zusammenhang hinein konstruiert. Aber haben Sie keine Angst. Es wird nichts geschehen."

Doch Fips konnte ihm nicht glauben. Zu tief saß die Angst. So leicht war er nicht zu überzeugen.

„Schauen Sie", antwortete er, „die Stewardess dort drüben, die nette mit dem Pferdeschwanz. Sie betreut die andere Fensterseite. Aber sie wird gleich herüberkommen und mich ansprechen."

Der alte Herr lächelte zweifelnd. Auf der anderen Seite der Maschine beendete die Stewardess ihr Gespräch. Sie bewegte sich durch den engen Gang zwischen den Sitzen und kam auf Fips zu.

„Kann ich etwas für Sie tun?"

Sie strahlte Fips an. Doch der kannte kein Halten mehr. Mit fliegenden Fingern löste er den Anschnallgurt, sprang auf und stürzte an der verblüfften Stewardess vor-

bei den Gang entlang. Verwirrte und neu-
gierige Blicke folgten ihm bis zur Tür, wo
immer noch Fluggäste hereindrängten.
Rücksichtslos wühlte er sich hindurch
nach draußen.

Und Fips rannte, als sei der Böse hinter
ihm her.

Begegnung im Nebel

„Verstehen Sie", überschrie der Mann das Stimmengewirr, „ich bin Journalist. Ich glaube nur, was ich mit eigenen Augen sehe. Aber in der Sache weiß ich wirklich nicht, ob ich meiner Wahrnehmung trauen kann."

„Hört sich geheimnisvoll an", brüllte ich zurück, „ich würde gern die ganze Geschichte erfahren. Wollen wir nach nebenan gehen? Da ist es ruhiger."

Der Journalist nickte, drückte seine Zigarette im Ascher aus und schob seinen Hocker zurück. Wir griffen unsere Weingläser vom Tresen und wechselten in das winzige Nebenzimmer, wo die Luft atembar war und der Geräuschpegel der lautstark geführten Gespräche in der Kneipe zu einem gedämpften Murmeln herabsank. Drei runde Tischchen standen dort, sämtlich unbesetzt. Wir wählten eines in der Ecke und ließen uns nieder.

„Ja", knüpfte der Journalist an, „wie soll ich beginnen?"

„Vielleicht sollten wir uns bekannt machen", gab ich zurück und sagte meinen Namen.

„Gute Idee", brummte er, „ich heiße Burmeester, Friedemann Burmeester. Ich weiß nicht, was sich meine Eltern dabei gedacht haben."

„Warum, der Name ist in Ordnung", beruhigte ich ihn, „er passt zu Ihnen."

Burmeester lächelte verkniffen und tastete nach seinen Zigaretten. Einen Augenblick zögerte ich, dachte dann: ach, Scheiß.

„Macht es Ihnen sehr viel aus, wenn Sie nicht rauchen. Ich vertrage das schlecht."

„Nein", log er, „ich rauche sowieso zu viel."

Die Tür öffnete sich halb und der Wirt steckte seinen massigen Schädel durch den Spalt. Das Stimmengewirr schwoll an.

„Brauchen Sie was?", erkundigte er sich mürrisch.

„Bringen Sie noch mal zwei Gläser Wein, von demselben", entschied ich, und er zog sich wortlos zurück. Mit dem Schließen der Tür sank auch das Geschrei von nebenan auf ein erträgliches Maß.

„Also", fuhr Burmeester fort, „ich fahre ziemlich spät auf dieser Straße. Komme von einem Interview, das sich in die Länge zog, und will nichts als nach Hause. Das Wetter ist beschissen – entschuldigen Sie

– ich weiß kein treffenderes Wort. Es regnet nicht, aber alles quillt vor Nässe. Faulendes Laub auf der Fahrbahn. Ziemlich rutschig. Und immer wieder Nebel."

„Kein Wunder", assistierte ich ihm, „in dieser Gegend und zu der Jahreszeit."

„Ja", bestätigte er. „Nur damit Sie das richtig sehen: Es herrschte keine durchgehende Suppe. Der Nebel bildete Schwaden. Die kamen und gingen, äußerst lästig."

Der Wirt kehrte zurück, brachte den Wein, den er grob auf die Tischplatte knallte. Er angelte nach den leeren Gläsern und wollte Striche auf unsere Bierfilze machen.

„Das geht auf mich", wies ich ihn an und bekam zwei. Er schlurfte wortlos bis zur Tür, drehte sich um und begann hoffnungsvoll „wenn Sie was essen möchten ..."

„Im Augenblick nicht", wehrte ich rasch ab. Ich wollte endlich die Geschichte hören. „Oder haben Sie Hunger?", wandte ich mich an mein Gegenüber.

„Vielleicht später", zum zweiten Mal log Burmeester. Ich sah ihm seinen Appetit deutlich an. Falls die Geschichte gut war, konnte ich ihn einladen. Doch nicht jetzt.

„Weiter", ermunterte ich ihn.

„Weiter", wiederholte er etwas dümmlich, „ja, ich fahre also durch diesen Nebel, rein – raus – rein und das macht mich ziemlich fertig. Plötzlich – ich bin vielleicht einen Kilometer hinter dem Weiler, na, wie heißt der doch gleich ... egal, kurz vor der Stadt. Da formt sich gewissermaßen aus einer Nebelbank eine Frau. Ist natürlich Quatsch, aber es sah so aus. Jedenfalls stand sie unerwartet im Scheinwerferlicht, halb auf der Fahrbahn und macht mir Zeichen, ich solle anhalten. Ich mache eine Ausweichbewegung, will um sie herum lenken. Na ja, ich war nicht scharf drauf, um diese Zeit jemand aufzulesen."

„Kann ich gut verstehen", warf ich ein.

Wie?", er wirkte irritiert, versuchte dann den Faden wieder aufzunehmen. Das gelang ihm nicht recht: Er stotterte herum. „Ja, natürlich, äh. Also ich wollte sie stehen lassen. Als ich auf ihrer Höhe war, sah ich ihre Augen. Die trafen mich ins Herz."

Er verstummte, machte lange Zeit keine Anstalten weiterzureden.

„Sie verknallten sich auf der Stelle", versuchte ich nachzuhelfen.

„Was? Quatsch!", reagierte er schroff. „Sie trafen mich ins Herz, weil ich noch nie so verzweifelte Augen gesehen habe." Er schwieg wieder und ich hatte das Gefühl, dass ihm die Geschichte sehr nahe ging. „Kurz und gut", fuhr er schließlich fort, „ich halte an. Das heißt, ich trete auf die Bremse, zu plötzlich. Der Wagen beginnt zu schlingern. Endlich bekomme ich ihn wieder in meine Gewalt, fahre rechts ran. Im Spiegel sehe ich sie von rückwärts herankommen, zwischen wabernden Nebelschleiern, von den Rücklichtern verfärbt. Es sah aus, als verschwände sie zwischen roten Schwaden, tauche wieder auf und so fort. Gespenstisch."

„Sie wollte in die Stadt", griff ich ihm vor.

„Nein, ja", schwankte er, „eigentlich suchte sie ihren Mann."

„Ihren Mann?" Nun war es an mir, dümmlich zu fragen.

„Sicher, warum nicht?" Er musterte mich spöttisch. „Soll schon vorkommen, dass eine Frau ihren Mann sucht. Er war abgängig, sie unruhig. Irgendwann hatte sie genug und beschloss ihn zu suchen."

„Zu Fuß, mitten in der Nacht?", wandte ich ein. „Ziemlich ungewöhnlich."

„Wie auch immer", fuhr er fort ohne auf meine Bemerkung weiter einzugehen. „Ich mache also die Tür auf, die Beifahrertür. Ein Schwall eisige Luft drängt herein. Ich beginne zu frösteln. Sie steigt gleich ein, ohne weiteres, schlüpft in den Sitz und sitzt da, ohne sich zu rühren."

Vorsichtig geworden beschränkte ich mich auf ein kurzes „hm." Er nahm es gar nicht wahr.

„Machen Sie doch die Tür zu, sage ich, wir erfrieren ja." Er stierte vor sich hin, ganz gefangen von seinem Erlebnis. „Aber sie rührt sich nicht. Ich greife an ihr vorbei, schließe die Tür. Es war wirklich grabeskalt. Von draußen hatte sich der Geruch von vermoderndem Laub hereingestohlen und hielt sich hartnäckig im Auto. Irgendwie wurde es auch nicht mehr richtig warm, obwohl ich die Heizung bis zum Anschlag aufmachte."

„Das kenne ich", wagte ich zu unterbrechen. „Manchmal ist der Wurm drin."

Wieder ging er nicht auf mich ein.

„Als die Tür zu ist, sagt sie mit tonloser Stimme: ‚Ich suche meinen Mann'. Sie wusste auch genau, wo sie ihn finden konnte. Sie nannte ein Lokal, das mir bekannt ist, und ich erwiderte, ok, dann fahren wir dort hin. Danach schwieg sie. Ich hatte nicht vor sie auszuhorchen. Ihr Ehezwist ging mich nichts an und so ließ ich sie in Ruhe. Aber ich schaute sie mir genau an, so gut das bei der schwachen Beleuchtung eben ging."

„Und?", unterbrach ich neugierig.

„Ziemlich unscheinbar", konstatierte er. „Nicht sehr groß, schlank, Jeans, Pullover, Jacke. Die Haare mittellang, bis zum Kinn. Nichts Besonderes."

„Sonst wäre der Mann nicht weggeblieben", meinte ich salopp und wünschte sofort, ich hätte es nicht gesagt. Er schaute mich mit einem Blick an, den ich nicht zu deuten verstand.

„Sie war ganz hübsch", sinnierte er dann, „aber Durchschnitt. Was den Eindruck etwas verdarb, war – wie soll ich sagen – Traurigkeit. Ja, sie strahlte Traurigkeit aus. Eines ihrer Augen, das linke, nein ... ist ja egal. Jedenfalls prangte da ein mächtiges Veilchen. Sie tat mir wahnsinnig Leid. Ich versuchte ein Gespräch anzufangen. Es funktionierte nicht. Dann kamen wir zu dem Lokal."

„Jetzt bin ich gespannt", warf ich ein, „da war bestimmt einiges im Busch."

„Überhaupt nicht", brummte er. „Also, ich halte an. Sie sitzt wieder wie eine Puppe, rührt sich nicht. Ich lange hinüber, mache die Tür auf, sage ‚bitte'. Sie gleitet raus – ja, lachen Sie nicht – es war irgendwie eine fließende Bewegung. Raus, und rein in das Lokal. Ich rufe noch hinterher, ob ich warten soll. Wahrscheinlich hat sie mich nicht gehört."

„Aber da war noch was", fasste ich nach.

„Ja und nein", sagte er sybillinisch. „Eine Weile passierte nichts, eine ziemlich lange Weile. Ich wartete zur Sicherheit, ob sie ihren Mann finden würde. Als sie nicht zurückkam, parkte ich den Wagen und folgte ihr." Er verfiel wieder in Schweigen.

„Lassen Sie mich raten", ermunterte ich ihn, „sie krachte sich mit ihrem Alten."

„Wenn es das gewesen wäre. Nein. Die Kneipe war ein ziemlich mieser Schuppen. Die Wände kahl, nackte Tische. Ein paar Besoffene hingen unappetitlich herum. Es stank nach Rauch und schalem Bier. Die Attraktion war die Wirtin. Wirklich sehenswert. Ich dachte: Seltsam, so eine Frau in einem solchen Loch. Dann suchte ich nach meiner Zufallsbekanntschaft. Um es kurz zu machen: Sie war nicht da."

„Sie ist mit ihm zum Hinterausgang raus", schlug ich vor.

„Mm", verneinte er, „es gibt keinen."

„Toilette", hakte ich nach.

„Bin ich gewesen", er schaute mich durchbohrend an. „Die waren leer, beide, Herren und Damen."

„Sie waren in der Damentoilette?" Das schien mir doch etwas weit hergeholt.

„Stellen Sie sich vor", spottete er, „und ich habe nach der Frau gefragt, die Wirtin, jeden einzelnen Scheißgast." Er betonte die drei letzten Wörter.

„Wo war sie?", wollte ich von ihm wissen.

„Keine Ahnung", seufzte er. „Niemand hatte sie bemerkt. Ich versuchte mich damit zu belügen, dass ich mir einredete, sie beim Verlassen des Lokals verpasst zu haben. Als ich einparkte. Aber ich kann Ihnen versichern, es war nicht an dem."

„Und das war es dann", resignierte ich.

„Haben Sie eine Ahnung", brauste er auf. „Was wäre das denn für eine Geschichte. Passen Sie auf: Ich war heute den ganzen Tag im Archiv, habe etwas gesucht. Das hab ich zwar nicht gefunden, dafür aber etwas ganz Anderes. Ich halte plötzlich ein Blatt in der Hand und wer schaut mir daraus entgegen? Die Frau! Oder ihr exaktes Ebenbild. Ob Sie es glauben oder nicht. Irrtum ausgeschlossen. Ich lese also die Bildunterschrift. Sie ist ermordet worden. Drei Jahre, bevor ich sie nachts auflas. An just dem gleichen Tag. So, und jetzt habe ich einen Bärenhunger."

Wir riefen nach dem Wirt. Burmeester wählte umständlich aus der Karte, ich selbst verlangte eine Kleinigkeit. Die Geschichte schien mir auf den Magen geschlagen zu sein. Später zahlte ich das Essen, die gesamte Zeche. Als wir uns trennten, beschlich mich das Gefühl, ziemlich raffiniert hereingelegt worden zu sein. Trotzdem ließ mir die Erzählung keine Ruhe.

Am nächsten Tag verdrückte ich mich mit einer Ausrede von meinem Schreibtisch und suchte das Archiv auf. Ich brauchte nicht lang, bis ich das Blatt fand.

Der Bruch

Da war plötzlich ein lautes Geräusch über mir. Hörte sich an wie ein strapazierter Flugzeugmotor. Ich hatte im Garten gewerkelt und die Stille genossen.

„Aha", murrte ich, „da tobt sich mal wieder ein Sportflieger aus."

Ich richtete mich auf und sah zum Himmel. Augenblicklich erfasste mich Entsetzen: Ein Flugzeug stürzte ab. Die Maschine war ziemlich hoch, jedenfalls konnte ich kaum Einzelheiten unterscheiden. Aber sie stürzte eindeutig ab. Sie hatte nur noch eine Tragfläche.

In engen Spiralen taumelte sie um eine nicht definierbare Achse. Ihre Motoren – ich konnte jetzt erkennen, dass auf der verbliebenen Tragfläche zwei saßen – dröhnten in kreischenden Dissonanzen und strapazierten meine Trommelfelle. Der Unglücksvogel zog einen verschlungenen Kondensstreifen ins Blau. Nein, korrigierte ich mich, keinen Kondensstreifen. Eine Rauchfahne, dick und schwarzgrau, wie sie von brennendem Flugbenzin und Öl herrührt, die feste Werkstoffe verzehren.

„O Gott", hauchte ich unwillkürlich.

Meine Gedanken begannen zu rasen. Wenn an der einen Tragfläche zwei Motoren waren, hatte die Maschine ursprünglich deren vier besessen. Eine Viermotorige war schon ein ziemlicher Brummer. Keinesfalls stammte sie vom hiesigen Sportflugplatz, eher von einer Militärbasis.

Inzwischen konnte ich erkennen, dass da tatsächlich ein großes Flugzeug unaufhaltsam herunter kam. Während ich gebannt zusah und keinen Entschluss fassen konnte, was zu tun sei, löste sich von dem stürzenden Flugzeug ein schwarzer Punkt. Er fiel eine kleine Weile parallel zu dem Wrack. Dann erblühte urplötzlich ein Fallschirm wie aus dem Nichts, der Punkt stoppte scheinbar seinen Fall und begann unter dem weißen Dach zu pendeln. Augenblicke später vernahm ich trotz des Lärms das typische Flopp, das ein sich öffnender Schirm mit der gestauten Luft verursacht.

Die Maschine stürzte weiter und krachte nach wenigen Sekunden in das Wiesental, das sich nicht weit vom Haus vor dem Wald ausbreitet. Flammen schossen empor, eine Rauchsäule begann hochzuquellen, wie von einem Opferfeuer.

„Hoffentlich war da keiner mehr drin",
murmelte ich ins Leere.

Das erinnerte mich an den Fallschirm.
Ich schaute hinauf. Er schickte sich
gleichfalls an, in dem Wiesental zu landen.
Ich rannte zum Fahrradschuppen,
schnappte wahllos ein Rad und strampelte
über den Feldweg los, der zum Tal führt.
Unterwegs schielte ich ständig nach oben,
um den Fallschirm mit seiner Last nicht
aus den Augen zu verlieren, wodurch ich
ein paar Mal fast gestürzt wäre. Schließlich
verfolgte ich, wie er hinter einer Hecke
sanft zu Boden glitt und zusammenfiel.

Als ich schließlich mein Ziel erreicht
hatte, suchte ich jedoch vergebens nach
einem weißen Fleck. Der Fallschirm war
verschwunden.

Ich lehnte das Fahrrad achtlos ans Gebüsch und rannte über die Wiese auf den
Punkt zu, wo ich ihn zuletzt beobachtet
hatte. Ein paar hundert Meter weiter
brannten krachend und prasselnd die
Wrackteile. Übel riechenden Qualm drang
in meine Atemwege.

„Stopp!"

Das scharfe Kommando ließ mich aus
vollem Lauf erstarren. Nicht weit vor mir,
von der Hecke dahinter getarnt, stand ein
Mann in Uniform – eine Fliegerkombina-

tion. Natürlich. Das war zu erwarten gewesen. Aber sie irritierte mich aus einem nicht fassbaren Grund.

Viel merkwürdiger war allerdings die Pistole, die der Mann in der Hand hielt. Er zielte nicht direkt auf mich, aber ich hatte das Gefühl, er werde notfalls davon Gebrauch machen. Andererseits wirkte er irgendwie unsicher.

„You speak American?", sprach er mich erneut an.

Ein Ami. Na ja, von denen war ich einiges gewohnt. Aber gleich eine Pistole?

„Sure", antwortete ich in meinem besten Slang, „can I help you?"

Darauf gab es zunächst keine Antwort. Der Amerikaner wirkte noch mehr verunsichert. Er senkte die Pistole ein gutes Stück.

„You wanna help me?", brachte er dann heraus.

Ich hatte den Eindruck, dass er besonders die letzten beiden Wörter betonte. Interessant. Natürlich wollte ich helfen. Ihn selbst kannte ich freilich nicht. Aber offensichtlich brauchte er Hilfe.

„Sure", entgegnete ich wieder und wartete ab.

„You a Nazi?", kam zögernd von ihm zurück.

Das wurde ja immer besser. Ich lachte leise. Das verwirrte ihn noch mehr. Die Pistole sank ein weiteres Stück.

„Of course not", beeilte ich mich zu sagen. „why should I be?"

„Dunno", sagte er, „thought everybody around's supposed to be. "

Das war nun wieder typisch. Viele Amerikaner zeigten sich so auf ihr riesiges Land fixiert, dass sie kurzsichtig nicht zur Kenntnis nahmen, was in der übrigen Welt vorging. Aber dieser hier war schließlich in unserem Land. Er musste als Soldat von der NATO wissen, in der Deutschland Partner war. Der Gedanke alle Bewohner seien automatisch Nazis war grotesk. Selbst für einen Amerikaner.

„Keep cool", beruhigte ich ihn, „I can assure you nobody here is a Nazi anymore."

Das schien ihm nun gar nicht zu gefallen, denn er hob die Pistole wieder eine Handspanne. Ich konnte ihm am Gesicht ablesen, dass er mir nicht traute.

„You may trust me", versicherte ich, „I've been in the German Army. So we are sort of friends. "

„Hands up", brüllte er gänzlich unerwartet und zielte nun direkt auf mich. „I gonna kill you if you move. "

Mein Magen krampfte sich zusammen. Der schien unter gewaltigem Schock zu stehen. Jedenfalls musste ich vorsichtig sein.

„Cool, man, cool", reagierte ich so überzeugend wie möglich. „See, you are in Germany. The war has been over for about fifty years. We are allies and in fact I have trained a lot with American troops. Come on, let me help you now. "

Er wurde blass wie eine gekalkte Wand. Die Pistole in seiner Hand zitterte, aber er hielt sie weiter in meine Richtung.

„What date is it today?", fragte er nach einer langen Denkpause.

Ich sagte es ihm. Er wurde noch blasser, die Pistole zitterte wie in einem epileptischen Anfall.

„Which year?", drängte er und seine Augen blickten irr.

„Nineteen ninetyfive", sagte ich fest.

Er fiel in sich zusammen wie eine Marionette, deren Fäden man gekappt hat. Ich zogerte einen Augenblick. Als er sich nicht rührte, näherte ich mich vorsichtig und nahm ihm die Pistole ab. Anscheinend war er bewusstlos. Ich brachte ihn in eine bequemere Lage, öffnete seine Bomberjacke am Hals und tätschelte seine

Wangen. Er blinzelte ein paar Mal. Schließlich kam er zu sich.

Sofort erfasste er die Situation: Ich hatte die Pistole. Er blieb liegen wo er war.

„Were there any others in the plane? ", fragte ich ihn.

„No", gab er brav zur Antwort, „was the last to go. I'm the pilot. You seen the others?"

„There were no others", entgegnete ich, „that's why I asked."

„But the crew..." fing er an und hörte mitten im Satz auf. Seine Augen waren leer. Wer weiß, wo er sich gedanklich befand.

„Ok", schlug ich vor, „let's go to my house and call the MP."

Er schaute mich zweifelnd an, aber er rappelte sich hoch. Ich fasste ihn vorsichtig am Arm. Er ließ es sich gefallen. Bevor wir von der Hecke weggingen, schaute er zurück. Da lag sein Fallschirm, er hatte versucht ihn zu verstecken.

Merkwürdig.

Auf dem Weg zu meinem Fahrrad drehte er sich immer wieder zu dem brennenden Wrack um. Die Flammen loderten und dicker Qualm stieg fast senkrecht in den windstillen Himmel. Da gab es nichts zu tun. Wir mussten die Polizei verständigen. Die ersten Neugierigen würden bald da sein.

Unterwegs schwieg er hartnäckig. Ich betrachtete interessiert seine Uniform. Keine, die ich kürzlich an einem US-Flieger gesehen hatte. Sie sah aus wie aus einem alten Film. Aber die Amerikaner änderten häufig ihr Outfit. Ich war nicht auf dem Laufenden.

„What's your name?", fragte ich ihn nach einer Weile.

„Jeremy", antwortete er folgsam.

„I'm Robert", stellte ich mich vor.

Er schaute mich seltsam an. Was er wohl hatte? In meinem T-Shirt und meinen Jeans musste ich alltäglich für ihn aussehen. Aber etwas irritierte ihn. Er räusperte sich.

„Can I help you?", bot ich an.

„Dunno", murmelte er. „You said it's ... nineteen ninetyfive?"

„Sure", bestätigte ich und er verfiel wieder in Schweigen.

Komischer Heiliger, dachte ich. Aber ich schrieb es dem Schock zu. Wir kamen zum Haus. Bevor wir die Straße überquerten, mussten wir einen Golf passieren lassen. Jeremy blieb stehen und schaute hinterher wie ein Kind, das dem Osterhasen begegnet.

„You like the Rabbit?", versuchte ich ihn zum Sprechen zu bringen.

„Rabbit?", wiederholte er und musterte mich, als sei ich nicht bei Trost.

Wir gingen hinein. Ich platzierte ihn ins Wohnzimmer vor den Fernseher und reichte ihm eine Cola. Die würde er mögen, hoffte ich. Dann schaltete ich die Flimmerkiste an. Er konnte zusehen, während ich telefonierte. Als das Bild kam, versuchte er aufzustehen, sank aber gleich wieder auf den Sitz. Er starrte auf den Monitor, als habe er noch nie einen gesehen.

„I'm going to call the MP", erklärte ich ihm.

Er beachtete mich nicht.

Ich rief die deutsche Polizei an. Sie waren schon von anderer Seite über den Absturz verständigt. Dass es ein amerikanisches Flugzeug war, schien ihnen indessen neu. Ich erklärte, dass ich einen Überlebenden bei mir zu Hause hätte und fragte nach der übrigen Crew. Davon wussten sie nichts. Sie versprachen die MP zu verständigen.

Im Wohnzimmer starrte Jeremy noch immer wie hypnotisiert in die Glotze. Seine Cola hatte er kaum angerührt. Ich sagte zu ihm, dass ich alle Anrufe erledigt hätte.

Anscheinend hörte er mich nicht. Vielleicht war auch nur die Sendung zu interessant.

Die MP kam nach einer knappen halben Stunde mit einem Hubschrauber. Er landete gegenüber dem Haus auf der Wiese. Sie bedankten sich und nahmen Jeremy mit. Er schaute kurz zu mir herüber, blieb jedoch stumm. Sie führten ihn ab wie einen Gefangenen.

Später versuchte ich zur Absturzstelle zu gelangen. Das Gelände erwies sich als weiträumig von amerikanischer MP und deutscher Polizei abgesperrt. Es gab kein Durchkommen, aber ich sah aus der Entfernung die Trümmer kokeln. Ich ging zurück.

Als ich nach Hause kam, standen ein Streifenwagen und eine amerikanische Limousine davor. Drinnen wartete ein mir bekannter Polizeioffizier mit zwei Männern in dunklen Anzügen. Meine Frau unterhielt sich förmlich mit ihnen, deutsch mit dem Polizisten, englisch mit den beiden Fremden. Die Zivilisten stellten sich vor, irgendetwas mit Smith und Jones.

Aha, dachte ich.

Der Polizist fragte mich nach meinen Beobachtungen und ob ich etwas einzuwenden hätte, wenn die Amerikaner das

Gespräch auf Band aufnahmen. Es war mir egal. Ich erzählte ihm was ich wusste und fragte dann nach der übrigen Crew. Er starrte mich verständnislos an, aber die beiden Amerikaner wechselten einen verstohlenen Blick. Sie verstanden also deutsch.

Schließlich zogen sie ab, nicht ohne dass der Polizist gemeint hatte, sie würden vermutlich weitere Fragen haben.

Am nächsten Tag stand alles in der Zeitung. Ein US-Flugzeug aus Ramstein hieß es, ein Überlebender. Die übrige Crew sei verbrannt. Ich begann nachzudenken. Jeremy hatte erklärt, er sei als letzter ausgestiegen. War er verwirrt gewesen? Anzunehmen. Aber so etwas vergaß man nicht. Ich glaubte ihm. Wo also war die Crew?

Den ganzen Tag über wälzte ich die verrücktesten Gedanken. Am Abend fuhr ich zum Sportflugplatz hinauf, um mich mit meinen früheren Clubkameraden über die Sache zu unterhalten. Im Clubraum traf ich Erwin, der schon siebzig war und der begann, etwas tüdelig zu werden. Er saß am Tresen und hatte bereits ordentlich getankt.

„Na Erwin", begrüßte ich ihn, „lange nicht gesehen."

„Robert", lallte er, „komm trink ein Bier mit mir."

Ich zapfte mir ein Bier und setzte mich zu ihm. Erwin war in seiner Jugend Flakhelfer gewesen und hatte uns manches Mal mit seinen Geschichten aus dem Krieg genervt. Sie hatten hier als Halbwüchsige mit ihrer Batterie ein Munitionsdepot der Wehrmacht verteidigt, das im Wald versteckt lag. Es war ein einziges Mal angegriffen worden. Sie hatten keinen Abschuss erzielt.

„Ja, Erwin", begann ich, „jetzt habt ihr doch noch euren Abschuss gekriegt."

„Ha", krähte er betrunken, „ich hab's ja immer gesagt."

„Was hast du gesagt", forschte ich vorsichtig.

„Dass wir ihn getroffen haben", protzte er. „Peng, und weg war die Tragfläche."

„Und weiter", hakte ich nach.

„Was denkst du?", fragte er. „Sie ging ins Trudeln und zog mächtig Rauch hinter sich her."

„Ja und?", drängte ich.

„Nix und."

Erwin tat einen mächtigen Zug an seinem Bier und rülpste einmal vernehmlich.

„Drei oder vier sind mit dem Fallschirm ausgestiegen. Die hat später die Wehrmacht geschnappt."

„Und das Flugzeug?", wollte ich wissen.

„Das Flugzeug", maulte Erwin, „ja, das Flugzeug. Das trudelte schön auf das Tal vor dem Wald runter und plötzlich ...."

Er stierte vor sich hin, in seinen Erinnerungen gefangen. Schließlich nahm er einen weiteren gewaltigen Schluck. Es sah nicht so aus, als hätte er noch etwas zu erzählen.

„Was war mit dem Flugzeug", beharrte ich.

„Mit dem Flugzeug?", brabbelte Erwin, „nix war mit dem Flugzeug. Das verschwand einfach. Mitten aus der Luft. Irgend so'n Trick von den Amis. Ach, Scheiße."

Sein Kopf fiel mit einem vernehmlichen Bums auf den Tresen. Er blieb liegen und begann dröhnend zu schnarchen.

Ich trank mein Bier aus und ging sehr nachdenklich zu meinem Auto.

Kains Fluch

Der Maler hielt inne, sein Blick kritisch auf dem fast fertigen Bild. Düstere Farben prägten den Charakter: Schwarz, Abstufungen von Grau, Blautöne, Violett und Braun. Eine nächtliche Szene.

Technisch kein sehr exaktes Bild.

Eher ein Gefühlsausbruch in kräftigen Schattierungen. Vage Formen und Striche. Trotzdem zeigte es zweifelsfrei das Stück einer Gasse in einem alten Stadtviertel, eng, verschachtelt. Etwa in Bildmitte ein winziger Platz, ein nach vorn offenes Rechteck, ausgespart zwischen zwei Fachwerkhäusern und einem dritten, das sich schmalbrüstig im Hintergrund hielt. Von seinem linken rückwärtigen Winkel ausgehend ein enger Gang zwischen den Mauern, mehr zu ahnen, als tatsächlich erkennbar. Daneben, vor dem zurückgesetzten Haus eine Straßenlaterne, Wächter vor dem Eingang zur Finsternis.

Die Laterne, mit ein paar karg hingeworfenen Pinselstrichen in das Bild gebannt, erzeugte auf der Leinwand eine blassgoldene Aura, die Straße, Platz und Hauswände aufhellte und dort weitere

Farben der Dunkelheit entriss: eine hellblaue Haustür, eben solche Fensterrahmen, das Rot von Geranien und Blattgrün in Blumenkästen.

Ein kraftvolles, trotz seiner melancholischen Farben ansprechendes Bild, empfand der Maler.

So hatte es tagelang seine Vorstellung belebt. Er war zufrieden mit dem Ergebnis. Und doch: Wenn er es in sich aufnahm, überkam ihn das quälende Gefühl, dass etwas Wesentliches fehlte. Er zermarterte seine Phantasie, aber sie ließ ihn im Stich. Das Gefühl blieb.

Unzufrieden legte er Palette und Pinsel aus der Hand, schob das Bild auf der Staffelei an die Wand. Wenn er heute blockiert war, musste es bis morgen warten. Oder so lang, bis ihn die Muse küsste. Oder bis das Gefühl verschwand.

Sein sarkastisches Gelächter störte die Stille des Ateliers.

Die Muse besaß ein launisches Wesen. Das wusste er aus leidvoller Erfahrung. Es gab keine Erfolgsgarantie für gute Bilder, jedes entstand aus kräftezehrendem Ringen zwischen Inspiration, Können, Erfahrung – und Faulheit. Er würde sehen. Für heute war es genug.

Er löschte das Licht und schloss die Tür hinter sich, den Geruch von Pigmenten und Terpentin in das Atelier sperrend. In seiner kleinen Küche schnitt er ein paar Scheiben Brot von einem angefangenen Laib, stellte Käse und eine Schale mit Birnen auf den unbedeckten Tisch und fischte zuletzt eine Flasche aus einer dunklen Ecke, die schon länger dort gestanden hatte. Eine Staubschicht auf dem glatten Glasgrün lieferte den Beweis. Er wischte sie nachlässig mit dem Ärmel ab und stellte den Wein an seinen Platz.

Aus der Kommode fischte er Holzbrett und Messer, ein billiges Wasserglas und arrangierte alles auf der Tischplatte. Mit hörbarem Ausatmen ließ er sich nieder und begann sein einsames Mahl. Von Zeit zu Zeit schenkte er aus der Flasche nach, die er zuvor erwartungsfroh entkorkt hatte. Der Wein im Wasserglas funkelte blutrot.

Nachdem der Maler die letzte Brotscheibe vertilgt hatte, räumte er rasch auf. Dann goss er den Rest aus der Flasche in das Glas, trug es zum Wohnraum. Er schaltete eine Stehlampe an, deren warmes Licht nun einen Sessel mit hoher Lehne und Armstützen aus dem Dunkel holte. Auf dem kleinen runden Tischchen daneben entzündete er die halb abgebrannte Kerze in einem alten Zinnleuchter und ließ sich zuletzt wohlig ächzend in das bequeme Sitzmöbel sinken.

Umständlich fummelte aus seiner Hosentasche Tabakbeutel und Pfeife, stopfte akribisch den Pfeifenkopf und entzündete endlich den Inhalt, wobei er mit den Lippen leise paffende Geräusche erzeugte, die entfernt an Korken erinnerten, wenn sie aus einem Flaschenhals schlüpfen. Schon bald zogen aromatischer Schwaden durch den anheimelnden Raum.

Entspannt genoss der Maler den dänischen Tabak, schlürfte wiederholt ein Quantum Wein aus dem Wasserglas. Er ließ seine Gedanken treiben. Über kurz oder lang ertappte er sich dabei, dass sie beim Bild weilten. Wieder stieg das Gefühl in ihm hoch, er habe etwas vergessen, etwas Wesentliches übersehen. Unwillig konzentrierte er sich auf die Szene, bis er sie deutlicher vor sich sah.

Allmählich ging die Distanz verloren.

Er fand sich in dem engen Durchgang, unmittelbar vor dem winzigen Platz und sah hinaus in den Lichtschein, den die Laterne auf das holperige Pflaster warf. Und da, auf dem Boden sperrte ein Mensch den Weiterweg. Ein Mann, wie es schien.

So, als sei er gerade auf den Platz hinaus-
getreten und nach den ersten Schritten gestürzt.

Intuitiv erkannte der Maler, dass mit
der düsteren Gestalt etwas nicht stimmte.
Die Art, wie sie still vor ihm hingestreckt
war, ließ ein Alarmsignal in seinem Inneren anklingen. Das war nicht der beruhi-
gende Anblick eines Schläfers, auch nicht
der unwürdige eines Betrunkenen. Das
Arrangement der Gliedmaßen strahlte eine
subtile Beleidigung aller Ästhetik aus, ver-
strömte den Geruch erlittener Gewalt. Als
hätte jemand eine Marionette rücksichtslos auf das Pflaster geschmettert.

Leblos!

Wie ein Messer schnitt der Gedanke in
sein Bewusstsein. Er wagte einen Schritt
nach vorn und beugte sich über den Lie-
genden. Noch bevor er sich Gewissheit
verschaffen konnte, indem er hoffnungsvoll nach einem Pulsschlag tastete, nahm
er ein dunkles Rinnsal wahr, das am Kopf
des Mannes entsprang und langsam in den
Fugen zwischen den Pflastersteinen
vorankroch. Ein ominöser Mäander.

Bang streckte er seine Hand nach der
ihm zugewandten Wange aus und berührte sie widerwillig. Sie fühlte sich warm an.
Einen Augenblick schlich Zuversicht in

seine Gedanken. Er streifte die Kleidung am Hals beiseite – einen Wollschal, der Hals und Kinn verbarg – und forschte nach dem Puls. Da war keiner.

Noch während er die kauernde Haltung beibehielt, begannen sich seine Gedanken zu überschlagen. Der Unglückliche mochte gestürzt sein. Doch sein Instinkt flüsterte dem Maler eine andere Ursache ein.

Ein plötzliches Geräusch erschreckte ihn.

Wie ertappt fuhr hoch, sah sich um. Nichts! Oder bewegte sich dort etwas im Schlagschatten? Angst kroch eisig an seinem Rückgrat hoch. Falls es einen Täter gab, konnte er durchaus noch in der Nähe sein. Panik erfasste ihn, er machte kopflos kehrt und rannte durch den Durchgang in die Richtung zurück, aus der er gekommen war. Seine fliehenden Schritte hallten von den beengenden Wänden wieder, überschnitten sich mit ihren Echos zu einer Kakophonie, die von rückwärts auf ihn eindrang wie ein Verfolger. Die Angst löste sich in einem Schrei.

Einen Augenblick blieb er orientierungslos.

Verwirrt suchte er sich sammeln. Er fand sich verwundert im Lehnstuhl, die erloschene Pfeife in der Rechten, auf seinem Schoß. Nur ein Traum, dem Himmel sei Dank. Vor ihm, auf dem Tischchen, flackerte die Kerze. Sie schien ein gutes Stück heruntergebrannt. Der Raum roch nach kaltem Rauch. Das Wasserglas: leer. Scheißtraum, dachte er. Zeit zu Bett zu gehen.

Der Maler schaute nach der Uhr.

Erst kurz nach Zehn. Das verblüffte ihn. Gefühlsmäßig und nach den steifen Gliedern zu urteilen, kam ihm die Zeit viel länger vor, die er offenbar verschlafen hatte. Unbeholfen erhob er sich, streckte seinen Körper. Ein Gähnen stieg in ihm auf und entlud sich in einem schier endlosen gedehnten Laut, der schlagartig abbrach, als ihm das Bild ins Bewusstsein sprang. Einen Augenblick stand er reglos. Dann machte er sich mit einem Ruck auf und tappte unsicher zurück in sein Atelier. Tastend knipste er die Beleuchtung an.

Von der Wand zogen Staffelei und Bild magisch an. Wieder zauderte er einen Moment, bevor er mit ungelenken Bewegungen darauf zuhielt um sie ins Licht zu rücken. Seine Hände packten die Malutensilien. Wie in Trance begann er zu arbeiten.

Nach wenigen sicheren Strichen nahm auf dem von der Laterne beleuchteten Platz die stumme Gestalt aus seinem Alptraum Gestalt an. Obwohl stark abstrahiert wie das ganze Bild, gestattete sie keinen Zweifel an ihrem gewaltsamen Ende. Es hätte der Blutspur nicht bedurft, die in dunklem Rot, fast schwarz, von ihrem schemenhaften Kopf ausging, um sich auf dem angedeuteten Pflaster zu verzweigen.

Den Maler fröstelte.

Scheinbar eine halbe Ewigkeit stand er bewegungslos. Fast war ihm, als wiche fremder Einfluss allmählich aus seinem Geist. Er glotzte auf das Bild, verstand sich selbst nicht. Das hatte er nicht gewollt. Andererseits verspürte er Zufriedenheit, als habe in einem Puzzle ein Teil seinen Platz gefunden. Das ungute Gefühl von vorher war weg.

Stattdessen erwachte sein Trotz. Eine nächtliche Komposition hatte ihm vorgeschwebt, kein Gruselstück. Er konnte es abkratzen, übermalen. Nicht heute. Er brauchte Schlaf.

Doch vorher frische Luft. Ja, ein ausgedehnter Spaziergang war genau das Richtige. Kurz entschlossen zog er sich an, verließ sein Haus. Zunächst schlenderte er die hell ausgeleuchtete Hauptstraße hinunter, bog scheinbar ziellos um ein paar Ecken und stand unerwartet vor dem Durchgang, der zu dem kleinen Platz auf seinem Bild führte. Irritiert stierte er hinein, fragte sich, was er hier suchte.

Seinem zweifelnden Blick bot sich der Weg wenig einladend. Kein nennenswerter Lichtstrahl fiel hinein, dunkle Schatten mischten sich fließend mit noch dunkleren. Nicht einmal das Licht der Laterne am jenseitigen Ende drang zu ihm durch, weil der enge Stieg in der Hälfte einen Knick aufwies.

Genug, entschied er, zurück nach Hause. Er setzte sich in Bewegung – hinein in den finsteren Schlund. Nein, rebellierte sein Bewusstsein. Aber gleichzeitig bewegte er sich vorwärts. Nach ein paar Metern gab er den inneren Widerstand auf. Seine Sinne lauerten gespannt, sie registrierten eine unverkennbare Neugier auf das, was er am Ende vorfinden werde. Er schritt wie unter Zwang voran, ohne Angst, doch mit Vorsicht. Das Echo seiner leisen Tritte drang in sein Gehör. Sonst war es still.

Nach ein paar Augenblicken passierte er den Knick und sah vor sich das Licht des kleinen Platzes wie eine Verheißung, von der er nicht wusste, ob sie Erlösung oder Verdammnis barg. Er zögerte kurz, gab sich dann einen Ruck und ging angespannt weiter. Fast hatte er das Ende erreicht, als sein Fuß gegen einen schweren, aber beweglichen Gegenstand stieß. Beim Verschieben erzeugte er ein charakteristisches Geräusch.

Der Maler bückte sich und ertastete einen Pflasterstein. Gedankenlos nahm er ihn auf. Er passte gerade in seine Hand. Dann setzte er seinen Weg fort. Noch ein paar Schritte und er hielt auf der Schattenlinie zum beleuchteten Platz.

Der Platz war leer.

Befreit ließ er seinen unbewusst angehaltenen Atem entweichen, mit einem Laut, wie das Seufzen einer armen Seele. Er schaute sich um. Alles wirkte vertraut. Alles, bis auf das Licht. Missbilligend räumte er ein, dass es keineswegs golden oder wenigstens blassgolden auf die nähere Umgebung fiel. Eher kalt und kümmerlich. Überall behaupteten sich tiefe Schatten, die es nicht aufzulösen vermochte.

Er machte zwei unentschlossene Schritte auf den Platz hinaus. Die Gestalt sah er nicht, die sich hinter seiner rechten Schulter aus einem der Schatten löste. Bloß ein Betrunkener, der sich dort untergestellt hatte, vielleicht um zu ergründen, wer da durch den Gang kam. Der torkelte nun hinter ihm her, streckte den Arm aus zu bierseliger Kontaktaufnahme.

Den Maler riss der Klang der unsicheren Schritte herum. In seine Sinne schrillte Alarm. Zehntausend Jahre Kultur fielen von ihm ab – spröder Firnis. Ein archaischer Trieb übernahm die Kontrolle über sein Tun. Mit aller Kraft schlug er einmal zu.

Herbst

Als ein erster freundlicher Sonnenstrahl das griesgrämige Grau des frühen Morgens aufhellte, war es nicht mehr zu übersehen: Seit letzter Nacht färbte ein neuer Gelbton einige von ihnen.

Fröstelnd schüttelte sich Elf im leichten Wehen des aufkommenden Windes und warf dabei Tautropfen ab, die an ihm hafteten.

„Guten Morgen", wisperte es und von allen Seiten wisperten seine Geschwister zurück: „Guten Morgen, guten Morgen."

Danach redeten alle gleichzeitig weiter, wie sie es gern taten und erzählten sich von den aufregenden Begebenheiten, die sich seit dem vergangenen Abend ereignet hatten.

Früh war der Mond am östlichen Horizont erschienen, war als runde silberne Scheibe über das dunkle Samtblau des Firmaments gezogen, bis er nach Stunden wieder im Westen versank. Sein milchiger Glanz hatte die meisten Sterne überstrahlt und nur die größten neben sich geduldet.

Ein Igel war bald nach Einbruch der Dunkelheit zu Besuch gekommen. Zuerst schnüffelte er unten am Stamm und rumorte dann geräuschvoll im Gras herum. Sie konnten nicht genau erkennen, was er da tat, trotz des enthüllenden Mondlichtes. Aber sie vernahmen lautes Schmatzen und konnten sich denken, dass er sich an gefallenen Früchten gütlich tat und an Schnecken, die das gleiche vorgehabt hatten.

Später beehrte sie eine Eule, die sich auf dem untersten Ast niederließ. Sie hockte dort als ein dicker schwarzer Klumpen und drehte unablässig ihren runden Kopf hin und her. Nach einer Weile stieß sie lautlos ins Gras hinab. Es gab ein feines Ziepen, wie es die Mäuse von sich geben, nur alarmierter und protestierend. Dann verschwand die Eule mit weichen Flügelschlägen.

Ein paar Mal schallten von hoch oben die Fanfaren von Gänsen, die den Mondschein für ihre lange Reise in den Süden nutzten und wenn man ganz genau hingehört hatte, konnte man leises Rauschen und das Pfeifen der vielen Schwingen hören.

Gegen Ende der Nacht schließlich entfaltete der Nebel feine Schleier über der Wiese, die mit dem ersten Tageslicht wieder verflogen. Zugleich hatte in der

Nachbarschaft von Elf eine Spinne begonnen ihr Netz auszubessern. Wie winzige Perlen glänzte Tau in dem Gespinst.

Elf beteiligte sich nicht an dem aufgeregten Gezischel seiner Geschwister. Es dachte über die neue Farbe nach, die es auf ihnen bemerkt hatte und versuchte zu ergründen, was sie wohl bedeuten mochte. Soweit es zurückdenken konnte, war solches Gelb noch nie in seiner Umgebung zu sehen gewesen.

Am Anfang, als Elf an einem warmen Morgen aus seiner Knospe geschlüpft war und erstaunt um sich schaute, erkannte es um sich herum zehn Geschwister, die vor ihm da gewesen waren. Nach ihm kamen noch viele hinzu. Wenngleich sie zuerst ein wenig verkrumpelt erschienen, prangten sie alle in einem jungen Hellgrün, das in den ersten Tagen erhalten blieb.

Auch die Farbe Weiß kannte Elf.

Es dachte an den Sonnentag, an dem Blüten zwischen ihm und seinen Geschwistern aufgesprungen waren, Ballerinen gleich, die Kleidchen von zartem Rosa überzogen. In ihrem Inneren schimmerte es wie pures Gold. Freundliche Bienen summten herum. Es war Hochzeit, Freudentaumel. Elf spürte geheimnisvolle Dinge geschehen.

Als das Tagesgestirn höher hinaufstieg und das Licht länger verweilte, wechselte das frühe Grün zu einem satteren Ton. Kleine Früchte nahmen die Stellen der Blüten ein, strebten mehr und mehr einer fernen Reife entgegen. Manche verkümmerten auch, hielten sich noch eine Weile kränklich am Ort und plumpsten endlich ins Gras.

Elf begann zu ahnen, dass dies das Schicksal eines jeden war, den die Kraft verließ.

Es dachte darüber nach, was danach geschehen mochte. Als es auf die Welt gekommen war und sich wissbegierig umschaute, hatte es unten auf dem Boden eine Schicht bemerkt, deren Bestandteile entfernt an Seinesgleichen erinnerten. Unscheinbar und verkrümmt häuften sie sich übereinander, raschelten geisterhaft, wenn der Wind spielerisch darüber fegte. In bescheidenem Braun boten sie sich dar, wie Erde.

Im Laufe der Zeit verschwanden sie – irgendwie. Hatte der Wind sie verweht, das Gras sie überwuchert, Elf wusste es nicht. Aber einmal hatte es einem Regenwurm zugesehen, der mühsam eines hinter sich in seinen Gang zerrte. Vielleicht verwandelten sie sich ja in Erde.

Als die Früchte schon recht groß gewesen waren, hatte es eine schlechte Zeit gegeben. Schier endlose Tage brannte die Sonne unerbittlich vom Himmel, der stahlblau leuchtete und weit und breit keine der mildtätigen Wolken duldete, die Erquickung versprachen. Elf dürstete entsetzlich und fühlte sich ganz schlapp, zumal auch der erfrischende Wind meist ausblieb. Wenn er doch wehte, berührte er Elf wie Feuerhauch.

Mehrere Früchte waren der Dürre erlegen, wie einige von Elfs Geschwistern. Sie taumelten in einem letzten hilflosen Tanz hinab, während die Früchte geradewegs abstürzten und mit einem lauten Pochen auf den trockenen Boden prallten. Manche sprangen noch einmal hoch, rollten ein Stück, aber dann lagen sie für immer still.

Auch heute wähnte sich Elf etwas kraftlos, fast wie damals, aber es verdrängte das Gefühl. Es bestand kein Grund zur Sorge. Der Tag versprach freundlich zu werden und im Grunde sah die gelbliche Färbung seiner Geschwister recht heiter aus.

Damals war die Dürre mit Schrecken zu Ende gegangen.

Dunkle, fast schwarze Wolken türmten sich am Nachmittag im Süden, überzogen in Windeseile den halben Himmel. Mit großer Geschwindigkeit brach ein Sturm los, der Elf und seine Geschwister in höchste Not brachte. Nicht wenige riss er gewaltsam und auf nimmer Wiedersehen mit sich fort. Andere fanden sich danach von Eiskörnern zerfetzt. Auf dem Boden lagen zahlreiche Früchte.

Elf erinnerte sich mit Entsetzen daran. Doch nichts deutete jetzt auf eine solche Katastrophe hin. Es beschloss die trüben Gedanken zu verbannen und sich lieber am Gespräch seiner Geschwister zu beteiligen.

„Habt ihr es schon bemerkt", mischte es sich in das Getuschel, „einige von euch sind über Nacht gelbgrün geworden."

„Was du nicht sagst", gab Fünf etwas spitz zurück, das ganz in der Nähe wuchs. „Du solltest dich selbst mal sehen. Und schau dir erst Zwei an, das ist so gelb wie der Apfel dort drüben."

Elf wandte sich zu Zwei hin. Tatsächlich. Es war durch und durch leuchtend gelb.

„He, Zwei", raschelte es laut um die anderen zu übertönen, „du bist ja ganz gelb, wie fühlst du dich, geht es dir gut?"

Aber Zwei antwortete nicht.

Während Elf noch wartend hinsah, löste es sich lautlos von seinem Zweig und glitt im leichten Wind davon, sich um seine Achsen drehend, mal schneller, mal langsamer in einem unbestimmbaren Kurs, jedoch unaufhaltsam hinab.

Angie

„Hey", tönte die Stimme hinter seinem Rücken.

Riedener erstarrte, als habe ihn eine Kugel zwischen den Schulterblättern getroffen, ihn paralysiert. Gleichzeitig jagte ein Adrenalinstoß durch seine Adern und erhöhte seinen Herzschlag auf eine beängstigende Frequenz. Einen Augenblick fürchtete er Schaden zu nehmen, doch er fasste sich. Bewusst entspannte er seine Schultern, zwang sich zu ein paar tiefen Atemzügen und drehte sich langsam um.

Da stand ein Mädchen.

Riedener starrte sie an wie eine Erscheinung, dachte, das ist nicht möglich.

Er war am vorigen Abend in diesem Provinznest angekommen um an einem Seminar teilzunehmen. Den Vormittag vergeudete er – mehr oder weniger angeödet – im überheizten Vortragsraum, träge bemüht Interesse für die Ausführungen verschiedener Referenten zu zeigen. Endlich erlöste ihn die Mittagspause und er verzichtete spontan auf die offerierte Mahlzeit, um bloß gleich nach draußen zu kommen. Ein bisschen frische Luft, hoffte er, mochte ihn wieder ins Lot bringen.

Er trat in einen strahlenden Wintertag, eiskalt, mit einer flauschigen Schneedecke über dem ganzen Land, wie er sie seit Jahren nicht mehr erinnerte. Ziellos folgte er vom Tagungshotel einer beliebigen Straße, erst unsicher auf ungeeigneten Schuhsohlen, dann entschlossen und mit wachsendem Tatendrang. Bald ließ er die letzten Häuser hinter sich und gelangte auf offenes Feld.

Instinktiv warf er einen Blick auf das Zifferblatt seiner Uhr. Gut, reichlich Zeit.

Irgendwo zerfaserte die Straße in einen ausgefahrenen Feldweg. Zu sehen vermochte er das nicht, es lag zu viel Schnee. Die Unebenheiten verrieten sich durch die Sohlen seiner Schuhe, durch die zugleich warnend Kälte eindrang.

Egal.

In sanften Biegungen wand sich der Weg einen Hang entlang, der sich rechts unter dicht wucherndem Gebüsch verbarg, hauptsächlich Schwarzdorn, links kultiviert mit ordentlichen Feldern präsentierte, an deren Rändern hie und da ebenfalls Buschreihen hinzogen. Unten im Tal machte Riedener Wald aus, hohe Fichten,

zu einer scheinbar undurchlässigen grün-
schwarzen Masse gedrängt.

Teilweise trugen die Felder zur Linken
noch Frucht. Was es war, konnte er nicht
bestimmen, alle Einzelheiten verbarg der
Schnee. An einigen Stellen war er wegge-
scharrt. Braunes Erdreich erschien darunter, hier und dort tiefer aufgewühlt, dazwischen grüne Reste erfrorener Stängel und
Blätter. Vermutlich das Werk von Wald-
tieren, Wildschweinen vielleicht, deren
Trupps getrieben vom Frost auf der Suche
nach Nahrung nachts zum Ortsrand vor-
stießen.

Solchen Gedanken hing er nach, als ihn
der Ruf von hinten erstarren ließ. Im
Grunde neigte er nicht zu Schreckhaf-
tigkeit. In diesem Fall galten indes andere
Regeln. Schließlich hatte er sich auf weiter
Flur völlig allein gewähnt.

Und dann das.

Noch immer starrte er das Mädchen
an. Sie schien fast ein Kind, hoch aufge-
schossen, auf den ersten Blick ziemlich
dünn. Ihre Kleidung, für die tiefe Temperatur ungeeignet, – blaue verwaschene
Jeans, ein moosgrüner Pullover und eine
lächerlich leichte, kurze schwarze Jacke –
betonte jedoch anmutig geschwungene

Hüften. Kleine Brüste deuteten sich unter dem eng sitzenden Pullover an.

„Hallo", brachte er endlich hervor, „Sie haben mir einen Mordsschreck eingejagt."

„O, das wollte ich nicht, tut mir leid." Das Mädchen schaute ihn ebenfalls an, ihr Blick verwirrend, empfand Riedener: Eine Mischung aus Scheu und Wissen und er berührte ihn eigenartig. „Sie können mich ruhig duzen", ergänzte sie nach einer Atempause, „alle tun das."

Bereitwillig ging Riedener auf das Angebot ein. „Wo kommst du so plötzlich her, ich hatte dich gar nicht bemerkt."

Sie ließ ihn eine kleine Weile auf Antwort warten. Dann machte sie eine vage Bewegung mit dem Kopf – nach links oben? – und sagte gleichmütig: „von da."

Das klärte nichts, doch er beließ es dabei. Beiläufig blickte er in die vermutete Richtung. Da wuchs verfilzter Schwarzdorn. Sie konnte sich unmöglich von dort genähert haben, zumindest nicht ohne verräterische Geräusche von brechenden Zweigen und Ästen. Im Schnee versuchte er ihre Fährte auszumachen. Er fand nur ein verwirrendes Muster unterschiedlichster Spuren.

Er gab es auf.

„Na dann, " sagte er lahm und wandte sich zum gehen. Die Zeit lief ab und er mochte hier nicht länger mit einem halbwüchsigen Mädchen in der Kälte stehen. Zu seiner Verblüffung bemerkte er nach zwei, drei Schritten, dass sie zu ihm aufschloss. Wortlos blieb sie an seiner Seite, unter ihrer beider Schritte knirschte der Schnee. Automatisch blickte Riedener nach unten und stellte erschrocken fest, dass sie abgewetzte Sportschuhe trug.

„Frierst du nicht", sprach er sie an, „deine Schuhe! Überhaupt..."

„Nö", sie wartete das Ende seiner Feststellung nicht ab, „macht mir nichts aus."

Riedener schaute zu ihr hinüber, musterte sie genauer. Feine, helle Haut, eine rosige Frische auf ihren ebenmäßigen Zügen. Die Augen – er war sich nicht sicher – vielleicht ein Graugrün, mehr zum Grünen hin. Ihr Haar war das auffallendste. Es leuchtete in dem herrlichsten Rot, das Riedener jemals gesehen hatte. Nicht gefärbt, wie heute üblich. Diese Farbe war Natur, das fühlte er, ohne sich indessen sicher sein zu können. Er wusste es einfach. Ein dunkles Rot, wie Kupfer, weich, lang und glänzend. Zweifelsohne war sie schön, gestand er sich ein, oder würde es bald sein. Aber er hatte sich überzeugen wollen, ob sie fror.

Ganz offensichtlich tat sie das nicht.

Riedener war verblüfft. Trotz seiner wärmeren Kleidung konnte er selbst die Kälte immerhin spüren und dieses Mädchen war angezogen wie für einen Gang bei mildem Wetter, auf jeden Fall viel zu dünn. Sie fror nicht!

„Wie heißt du", entschloss er sich zu fragen.

„Angie", kam rasch zurück, „eigentlich heiße ich Angela." Dazu lachte sie so unpassend, dass Riedener sich fragte, was es da zu lachen gebe. Angela schien ein ganz normaler Name, der im Übrigen zu ihr passte. „Nennen Sie mich Angie, alle tun es", ergänzte sie und wieder reizte sie das zum Lachen. Diesmal kicherte sie kleinmädchenhaft.

„Was tust du hier, Angie", forschte Riedener weiter und er fügte zögernd hinzu: „Ach, ich heiße Steffen."

Angela nahm das Letztere auf, als habe sie es schon immer gewusst. „Na, ich gehe spazieren", ging sie etwas boshaft auf die Frage ein, „oder was dachten Sie?"

Riedener fühlte sich auf den Arm genommen. „Schon", sagte nach kurzer Pause. „Es scheint mir nur ungewöhnlich.

Dein plötzliches Auftauchen. Deine Kleidung. Und du hast mich angesprochen."

„O", sagte sie, „entschuldigen Sie. Ich wollte nicht aufdringlich sein. Außerdem war ich schon die ganze Zeit hinter Ihnen. Sie waren in Gedanken."

Riedener blieb verunsichert. Niemand war ihm gefolgt. Er hakte nicht nach. Stattdessen sondierte er: „Hast du Probleme? Bist du ausgerissen?"

„Nö", entgegnete Angie völlig gelassen, „keine Probleme."

Schweigend legten sie eine weitere Strecke zurück. Riedener ertappte sich bei dem Gedanken, dass er sich gut fühlte in ihrer Gesellschaft. Obwohl er sie nur kurz kannte, schien sie ihm vertraut. Irgendwie rührte sie ihn an. Aus den Augenwinkeln schielte er hinüber. Die Wintersonne brachte ihr Haar zum Glühen. Riedeners Herz machte einen Hüpfer. Als hätte sie es gespürt, wandte Angie ihm ihren Blick zu. Er argwöhnte, dass ihm Röte ins Gesicht schoss und sah hastig weg.

Ein paar Meter voraus bog linker Hand ein Weg ab, mehr eine Fahrspur, an ihrem rechten Rand vom obligatorischen Schwarzdorn gesäumt. Links bemerkte Riedener auf dem Boden weitere aufgewühlte Flecken. Etwa sechzig, siebzig Meter unterhalb überragte ein Hochsitz die Hecke, von der Phantasie sogleich in das Baumhaus verwandelt, Flucht- und Trutzburg seiner Kindheit. Wie magnetisiert bog er ab und vernahm von seiner Seite ein erneutes „hey."

Das stoppte ihn und er wandte sich seiner Begleiterin voll zu.

„Was ist?", fragte er irritiert.

„Da sollten Sie nicht runtergehen", erklärte Angie bestimmt.

„Und warum nicht?", gab Riedener zurück.

„Einfach so", kam von ihr. Und als reiche ihr die Erklärung selbst nicht, ergänzte sie eifrig: „Da liegt viel zu viel Schnee. Sie könnten stürzen. Was weiß ich!"

Riedener lachte leise und meinte dann: „Ich will nur mal zu dem Hochsitz, die Dinger ziehen mich magisch an. Vielleicht, weil ich als Kind ein Baumhaus besaß. Du kannst ja hier warten. Ich gehe jedenfalls." Und er machte sich auf und rutschte und stolperte die Fahrspur hinunter.

„Bitte nicht!", hörte er – eindringlich – hinter sich. Er reagierte nicht. Was war schon dabei. Er konnte gehen wohin er wollte und jetzt wollte er zu diesem blöden Hochsitz. Keine große Sache.

Sie würde es überleben.

Bereits nach wenigen Metern begann Riedener seinen Eigensinn zu bereuen. Schnee drang von oben in seine Schuhe und taute dort. Auf dem abschüssigen und unebenen Boden schlitterte und rutschte er. Ums Haar wäre er ein paar Mal gestürzt. Doch sein Stolz erlaubte keine Umkehr. Vor diesem Kind wollte er sich nicht blamieren.

Schließlich erreichte er den Hochsitz. Zögernd befreite er die Leitersprossen vom Schnee. Das brachte ihm feuchte Handschuhe ein. Dessen ungeachtet stieg er vorsichtig über die vereisten Hölzer hinauf. Sie waren gefährlich glatt, aber er schaffte es. Er wische auch von der Sitzbank hereingewehten Schnee weg und ließ sich nieder. Puh, kalt! Dann schaute er zu Angie zurück.

Sie war weg.

Riedener verfolgte mit den Augen den Weg nach beiden Seiten und konnte sie nirgendwo entdecken. Na schon, er hatte eine Weile gebraucht, um es hier herauf zu schaffen. Ihr war entweder dennoch kalt geworden oder die Geduld war ihr ausgegangen. Vielleicht hatte seine Sturheit sie verletzt. Immerhin klang ihre Bitte nicht zu gehen auffallend beteiligt.

Ihm schien plausibel, dass sie den Weg zurückgerannt war und wie auf ein Stichwort kam ihm zu Bewusstsein, dass genau dies auch ihm bevorstand, falls er nicht unverzüglich aufbrach. Über allem hatte er die Zeit völlig aus den Augen verloren.

Die Pause ging zu Ende.

Eilig stieg Riedener ab, quälte sich den Abhang hinauf und hastete zurück. Verspätet und außer Atem traf er am Hotel ein um wieder in die einschläfernde Wärme des Seminars einzutauchen. Seine Gedanken wanderten wiederholt zu Angie, schließlich verdrängte das Naheliegende die Erinnerung.

Bis zum Abend.

Nach gemeinsamem Essen sah er sich vor der Wahl, mit seinen Kollegen in feuchtfröhlicher Runde zu versacken, auf seinem Zimmer zu lesen oder sich mit seichter Fernsehkost die nötige Bettschwere zu verschaffen.

Etwas in ihm drängte zu einem anderen Entschluss.

In seinem Zimmer zog er feste Schuhe an, schlüpfte in seine dunkelblaue Daunenjacke und setzte eine schützende Wollmütze auf. Er schnappte sich seine warmen Handschuhe und brach entschlossen auf. Nach einem Marsch in scharfem Tempo fand er sich auf dem Weg wieder, den er schon zur Mittagszeit erkundet hatte.

Er ging durch eine veränderte Welt.

Über dem nun tintenschwarzen Fichtenwald hing bleich ein riesiger Mond. Die abfallende Schneefläche schimmerte unwirklich von Myriaden reflektierender Kristalle. Finster drohte der Schwarzdorn. Einen Augenblick beschlich Riedener das Gefühl, er sei nicht allein. Seinem sichernden Blick zeigten sich dunkle Gestalten, die er alsbald als Sträucher und Bäumchen entlarvte. Stärker als zu Mittag knirschte nun der Schnee unter seinen Schritten. Obwohl es merklich kälter war, empfand er wenig von der tiefen Temperatur.

Dahin stapfend kehrten seine Gedanken zu Angie zurück. War es nicht verdammt merkwürdig, wie er sie getroffen und wieder verloren hatte? Verwundert gestand er sich ein, dass er ihre unbekümmerte Nähe vermisste und der Wunsch sie wiederzusehen drängte schmerzhaft in seine Gedanken. Riedener lachte trocken auf. Trotzdem wandte er sich um, wie schon ein paar Mal zuvor – erst jetzt ertappte er sich bewusst. Natürlich war da keine Angie. Er schalt sich einen Narren: ein junges Mädchen – eine junge Frau, räumte er ein – allein oder mit ihm, einem Fremden, auf freiem Feld in der Winternacht. Tolle Idee!

Und doch ...

Schließlich erreichte er wieder den Abzweig. An den harten Schlagschatten erkannte er deutlich seine Spuren im mondhellen Schnee. Wie viele er hinterlassen hatte, war ihm gar nicht bewusst gewesen.

Er wagte den Abstieg und tauchte nach wenigen unsicheren Schritten in den tarnenden Schatten der Schwarzdornhecke ein. Von irgendwo schallte geisterhaft ein Tierruf durch die Nacht. Eine jagende Eule? Angies Warnung schlich sich in sein Denken und Impulse von Furcht drängten ihn zur Umkehr.

Was suchte er an diesem Ort?

Etwas trieb ihn voran, ein nicht greifbares Bedürfnis, das ihn zwang sich diesem Abenteuer zu stellen. Lächerlich, dachte er, es ist alles vollkommen harmlos.

In der diffusen Beleuchtung gestaltete sich sein Weg unerwartet schwierig. Doch er baute auf sein festes Schuhwerk und machte allmählich Fortschritte. Dann, urplötzlich glitten seine Beine unter ihm weg. Verzweifelt ruderte er mit den Armen, um das Gleichgewicht zu halten.

Umsonst! Wie ein gefällter Baum schlug er auf den steinharten Boden, der schwere Fall kaum durch den Schnee gedämpft. Mit einem schnaubenden Geräusch wich die Atemluft aus seinem unbarmherzig gestauchten Brustkorb. Schmerz schoss durch seinen Körper.

Dann lag er still.

Aus der Ferne vermeinte er ein Echo seines schmetternden Aufpralls zu empfangen, aber gleich verwarf er diese Empfindung als Unfug. Der nächste vernünftige Gedanke war der Wunsch, noch einen Augenblick unbeweglich liegen zu bleiben und dann aufzustehen – falls alles heil war. Vorsichtig prüfte er Arme und Beine, wälzte sich auf den Bauch und stützte sich auf. In diesem Moment hörte er laut und angstvoll Angies Stimme hinter sich.

Sie rief „hey."

Riedener warf sich herum. Im gleichen Augenblick traf ihn ein peitschender Schlag, der für Sekundenbruchteile seine Trommelfelle unerträglich peinigte, um danach als langgezogenes Rollen aus der nächtlichen Landschaft widerzuhallen. Ohne zu begreifen starrte er in die Richtung, aus der Angies Ruf gekommen war. Da war niemand. Keine Angie und auch sonst weder Mensch noch Tier. Er schaute nach vorn. Von dort war der Knall gekommen, wenn er sich nicht täuschte. Auch niemand!

Doch jetzt registrierte er Bewegung. Am Hochsitz. Dumpfe Geräusche schallten zu ihm herüber: Jemand polterte die Leiter herab. Dann stapfte eine dunkle Gestalt auf ihn zu, jeder Schritt ein weit vernehmbares Knirschen. Erstarrt wartete Riedener, sein Herz dröhnte wie eine Pauke in einem Tunnel.

„Verfluchter Mist", tönte es aus einiger Entfernung. Eine kräftige Männerstimme. „Sind Sie verletzt?"

„Nein", rief Riedener, „warum sollte ich?"

„Himmelherrgott, sind Sie wahnsinnig?", kam die Antwort. „Weil ich auf Sie geschossen habe."

Riedener empfing diese Ungeheuerlichkeit, scheinbar unbeteiligt an dem Geschehen. Außerstande seine wirren Gedanken zu sammeln hockte er noch immer im Schnee. Endlich akzeptierte sein Verstand, was er gerade gehört hatte. Geschossen. Der Knall. Warum? Und was war mit Angie?

Inzwischen näherte sich der Unbekannte. Riedener erhob sich mühsam, die Knie weich. Er machte eine untersetzte

Gestalt aus, dick vermummt, in der Rechten einen Prügel, nein, ein Gewehr.

Ein Förster oder Jäger, dämmerte ihm.

„Mann Gottes", hub der an, „ich weiß nicht, was ich sagen soll. Was treiben Sie um diese Zeit hier draußen. Schon mal gehört, dass man in solchen Nächten auf Sauen jagt?" Es klang aufgeregt, wütend.

„Nein", brachte Riedener leise heraus und er registrierte, dass er zu zittern begann. „Ich bin aus der Stadt. Da jagt niemand Sauen. Und ich wollte nur spazieren gehen."

„Ich habe Sie für ein Wildschwein gehalten. Mann! Die brechen hier nach Äsung, wer soll denn ahnen, dass stattdessen ein Mensch herumkriecht. Ich hatte Sie todsicher im Zielfernrohr." wetterte der Jäger und seine Stimme war eine Mischung aus Erleichterung und Wut. „Mann, Sie haben ein Scheißglück, wissen Sie das?"

„Nein", flüsterte Riedener und wandte sich ab. „Glück – war das nur für Sie!"

Die Chance

Sie kamen aus den Tiefen des Alls.

Ihr Schiff, das fortan als heller Stern am Nachthimmel stand, materialisierte von einem Augenblick zum anderen, ohne Vorwarnung. Es musste gigantisch sein.

Zunächst geschah nichts. Die eine oder andere Regierung probierte ihre technischen Mittel um Kontakt aufzunehmen. Keine hatte Erfolg. Dann zeigten die Fremden ihre Macht. Sie schalteten sich gleichzeitig überall auf der Erde in die Fernsehprogramme der einzelnen Länder ein und übermittelten eine Warnung, die in der jeweiligen Sprache aus den Lautsprechern tönte.

Auf den Bildschirmen, die kurz schwarz geworden waren, erschien das Gesicht einer Frau. Es war so schön, dass allen Menschen, die es sahen, für ein paar Sekunden der Atem stockte – Männern und Frauen. Keiner hätte sagen können, ob es jung war oder alt. Es war zeitlos. Und doch fühlte sich jeder davon angesprochen, so als gehörte es genau der Person, die seinem Ideal entsprach.

Die Frau blickte ein paar Augenblicke schweigend auf ihre Zuschauer. Ein leises Lächeln umspielte ihre perfekten Lippen, aber ihre Augen blieben ernst. Schließlich begann sie zu sprechen. Ihre Stimme war von unglaublichem Wohlklang und rührte an die Herzen.

„Seid gegrüßt", begann sie, „ich bin Gäa."

Sie machte eine kleine Pause. Viele Menschen warteten mit klopfenden Herzen, dass sie weitersprach. Andere merkten überrascht auf, als sie den Namen hörten. Das Lächeln um Gäas Lippen vertiefte sich.

„Ja", fuhr sie fort, „ich bin so etwas wie euer aller Urmutter. Seit vielen Jahrtausenden eures Zeitempfindens betreue ich euren Planeten. Ich habe ihn ausgewählt, um eure Rasse zu tragen und habe eurer Entwicklung den Weg geebnet. Seither beobachte ich euch, verfolge eure Fortschritte und Rückschläge. Aber ich habe mich nie eingemischt. Alles, was ihr heute seid, ist aus euch heraus entstanden."

Sie machte erneut eine Pause und das Lächeln verschwand aus ihrem Gesicht. Ernst sprach sie weiter.

„Ihr habt Großes erreicht in eurer kurzen Geschichte. Das erfüllt mich mit Freude. Manches aber trübt meinen Sinn mit Trauer und Sorge. Ich sehe Hunger, Not und Gewalt. Kleinliche Zwistigkeiten zersplittern eure Fähigkeiten und Kräfte. Oft wart ihr nahe daran, euch selbst zu zerstören und die Gefahr ist noch nicht gebannt. Doch nun seid ihr an einem Scheideweg angelangt, ohne es zu wissen. Deshalb bin ich hier."

Sie schwieg. Millionen Menschen fieberten der Botschaft entgegen, die nun kommen musste. Zugleich war jedem Einzelnen bewusst, dass er seinem Schicksal gegenüber stand.

„Nur dieses eine Mal", erklärte Gäa ihrer atemlosen Zuhörerschaft, „mische ich mich in eure Angelegenheiten ein. Weit draußen im Raum nähert sich ein gewaltiger Asteroid der Erde. Er wird sie treffen und sein Einschlag alles in den Schatten stellen, was sie bisher an Katastrophen ereilte. Eure Kultur kann ihn nicht überleben.

Zwei Wege bieten sich zur Rettung an. Beide erfordern, dass ihr euch in einer gewaltigen Anstrengung auf die Aufgabe konzentriert. Ihr müsst Neid und Zank überwinden und alle eure Fähigkeiten gemeinsam nutzen. Das Potential zum Erfolg liegt in euch. Wenn ihr versagt, werdet ihr, wird eure Rasse untergehen. Ich wünsche euch Glück. Lebt wohl."

Gäa lächelte traurig von Millionen Bildschirmen. Langsam verblasste ihr schönes Gesicht. Hoch am Himmel verschwand ein Stern, als hätte ihn jemand ausgeknipst.

Abstecher

„Blödes Aprilwetter", schimpfte er und stellte den Scheibenwischer auf die höchste Stufe. Der packte es trotzdem kaum die dicken Schneeflocken bei Seite zu schieben, um klare Sicht auf die Fahrbahn zu schaffen. Der böige Wind erzeugte aberwitzige weiße Wirbel, die das Fahrzeug völlig einhüllten und jeglichen Blick auf die Landschaft verwehrten.

Dann, von einem Augenblick auf den anderen, strahlte helles Sonnenlicht auf und verscheuchte den winterlichen Spuk, als hätte es ihn nie gegeben. Nur entfernte Fahnen von Schnee wehten noch über grünende Flächen, wie als Bestätigung, dass er keiner Einbildung erlegen war.

„Sauwetter", knurrte er noch einmal aus vollem Herzen.

Voraus machte das nassgraue Band der Straße einen deutlichen Knick nach rechts. Genau in der Biegung führte ein gut ausgebauter Feldweg in der bisherigen Richtung weiter, schnurgerade, zuerst flach, dann steil ansteigend auf einen Berg zu, der gelegentlich seinen Blick gefangen und seine Fantasie beschäftigt hatte.

Einem Impuls folgend fuhr er von der Straße ab und hielt nach wenigen Metern scharf rechts auf dem Feldweg. Er stellte den Motor ab, sicherte das Fahrzeug mit der Handbremse und lehnte sich entspannt im Sitz zurück. Eine Pause konnte nicht schaden. Für eine Weile folgte er unzusammenhängenden Gedanken und ehe er es sich versah, war er eingeschlafen. Als er erwachte, fehlte ihm für Augenblicke die Erinnerung, wo er sich befand. Dann erblickte er voraus den Berg im vollen Sonnenlicht, die merkwürdige Baumgruppe auf dem Scheitel.

Ich wollte schon immer mal da hinauf, fiel ihm ein. *Warum nicht jetzt? Es wird die Müdigkeit aus meinen Knochen vertreiben.*

Kurz entschlossen stieg er aus. Frische Luft umspülte ihn, die Sonne erwärmte seine Haut. Er schaute sich um.

In östlicher Richtung zogen Wolkengebirge eilig ab. Blauer Himmel dehnte sich über ihm. Erst weit im Westen drohte finster das nächste Gewölk. Doch trotz des kräftigen Windes würde es einige Zeit benötigen, bis es hier erneut zu verrückten Kapriolen aufspielen konnte. Er griff sich seine Lederjacke vom Rücksitz, verschloss die Türen und ging zügig los.

Wie erwartet erwies sich der Weg als gut begehbar. Beiderseits begleiteten ihn Felder, herbstgelb noch, umgepflügt braun oder schon in allen Abstufungen von frischem Grün. Ein ziemliches Stück weiter querte eine Stromleitung die Trasse. Zum Berg hinauf würde er über winterfahles Gras steigen müssen, ebenfalls bereits von frühlingshaftem Hauch überzogen.

Eigentlich war es gar kein richtiger Berg, korrigierte er sich. Eine grasige Kuppe, gleichmäßig gekrümmt und baumlos bis auf die Gruppe am höchsten Punkt. Nichts Besonderes. Und doch fühlte er sich von der Erhebung seltsam berührt. Eine nicht benennbare Kraft ging von ihr aus. An einem anderen Ort hatte ihn einmal eine Bekannte gefragt, ob er nicht dessen Ausstrahlung wahrnehme. Doch er hatte verneint und im Stillen über ihre Überspanntheit geschmunzelt. Aber hier spürte er es selbst.

Diese Bäume.

Es waren die Bäume, obwohl sie ganz alltäglich sein mochten. Besonders alt konnten sie auch nicht sein, dazu waren sie nicht hoch und mächtig genug. Andererseits pflanzten Menschen mitunter Bäume an Stellen, an denen schon vorher welche gestanden hatten und hielten so uralte Traditionen lebendig. Vielleicht war dieser Hügel ein vorzeitliches Heiligtum, eine Opferstätte, etwas in dieser Art.

Er schritt zügig unter der Stromleitung hindurch. Der Weg stieg hier schon steiler an und brachte seine Atmung auf Touren. Er schaute kurz zurück. Da stand sein Wagen, schon ein gutes Stück weg. Den nächsten Blick richtete er auf die Wolkenwand. Hoppla! Sie war viel schneller vorangekommen, als er vermutet hatte. Wie weit war es noch bis zu den Bäumen? Sie erschienen zum Greifen nah. Na gut. Dann bekam er eben einen Schneeschauer ab. Umkehren rettete ihn jetzt auch nicht mehr. Er ging beschleunigt weiter.

Schon nach kurzer Zeit kam er an den eigentlichen Fuß der Kuppe. Der Weg bildete hier mit einem Querweg ein T. Er überschritt diesen und begann über vermoostes Altgras bergan zu stapfen, aus dem überall zarte grüne Spitzen oder Blättchen drängten. Ringsum sah er vertrocknete Kupferdisteln, die anscheinend gute Lebensbedingungen fanden. Hin und wieder musste er kniehohem Gestrüpp ausweichen. Sein Atem beschleunigte sich weiter. Auf halbem Hang begann das Sonnenlicht zu verblassen. Ein rascher

Blick nach oben zeigte ihm, dass das Gestirn in den Wolken zu verschwinden begann, die sich rasend schnell und dunkel ballten.

„Sei's denn", murmelte er und setzte seinen Weg unbeirrt fort.

Als er die Höhe erreichte, zerschmolzen die ersten Flocken auf seinen Wangen. Er peilte die Bäume an und hastete darauf zu. Im Näherkommen registrierte er, dass es Linden sein mussten. Ungewöhnlich. Außerdem standen sie in einem recht exakten Kreis. Da hatte sich jemand Mühe gegeben. Er zählte die Stämme. Zwölf. Nun ja, warum nicht? Man konnte da einiges an Mystik hineininterpretieren. Doch wahrscheinlich war die Zahl ohne Belang. Er durchschritt den Kreis der Stämme. Ein heftiger Windstoß brachte ihn ins Schwanken und zugleich brach ein Schneeschauer los, der dem vorherigen in nichts nachstand. Er stellte den Jackenkragen hoch, schützte seine Augen mit der hochgehaltenen Hand und machte die letzten Schritte.

Eine Steinplatte markierte das Zentrum des Baumkreises. Sie schien annähernd rund, ursprünglich wohl aus ockerfarbenem Sandstein, von flechtenähnlichen Kleinorganismen dunkel gefärbt. Ihr

Durchmesser betrug grob geschätzt ein-einhalb Meter. Er trat darauf, vorsichtig, um nicht auszurutschen. Waren da nicht Zeichen auf der Oberfläche? Er schabte mit dem Schuh darüber. Ja, kein Zweifel. Vertiefungen, die nicht natürlichen Ursprungs sein konnten. Dazu erwiesen sie sich als zu regelmäßig. Doch er sah sich außer Stande, etwas zu identifizieren.

Ein erneuter Windstoß schüttelte ihn.

Er richtete sich auf und stieß vor Überraschung einen leisen Laut aus. Die Bäume wirkten verändert. Oder doch nicht? Er konnte sie kaum richtig erkennen. Dann kam ihm die Erleuchtung. Obwohl sie noch keine Blätter trugen brach der Baumkreis den Wind. Der Schnee fiel deswegen annähernd senkrecht, der Schwerkraft folgend. Außerhalb jedoch fegten die Schwaden fast waagrecht vorbei. Aus der Unterschiedlichkeit der Richtungen entstand ein verwirrender Eindruck, der sein Empfinden, seinen Gleichgewichtssinn störte. Ein unangenehmer Schwindel überkam ihn. Wahrscheinlich war es besser die Exkursion abzubrechen.

Er orientierte sich kurz und lief los. Als er den Schutz der Bäume verließ, verlor er sogleich jedes Raumgefühl. Aber er war in die korrekte Richtung gestartet und brauchte sich nur bergab zu halten, um irgendwann auf den Weg zu stoßen. Bis dahin musste er nur Acht geben, dass er nicht in Gestrüpp geriet oder gar stolperte. Das war keineswegs einfach. Seine Sicht betrug höchstens zwei, drei Meter.

Nur mühsam kam er voran. Interessant, wie sich ohne Bezug zur Umgebung die Zeit dehnte. Nach seinem Empfinden hätte er längst am Weg sein müssen. Dass er ihn verfehlte, hielt er für ausgeschlossen. Er würde sofort erkennen, wenn er jenseits ein Feld betrat. Im Augenblick spürte er noch immer das moosige Gras vom letzten Jahr unter seinen Sohlen. Das hörte gar nicht auf, aber der Hang hatte sich deutlich abgeflacht. Folglich musste er unten sein. Wo war bloß der Weg?

Eine ganze Weile trottete er weiter abwärts, ehe er sich eingestand, dass etwas nicht stimmte. Immer noch keine Spur vom Weg, keine Felder, nur das alte Gras, gelegentlich Kupferdisteln, die aus dem Treiben auftauchten. Auch wenn er es nicht glaubte, argwöhnte er, dass seine Richtung von Anfang an falsch gewesen war. Sicher konnte er nicht sein. So blieb ihm nur eine Möglichkeit: Er musste weiter ins Tal gehen, bis er auf einen Weg oder eine Straße stieß. Die gab es hier überall. Ärgerlich war der Umweg, der Zeitverlust. Wenn nur das Schneegestöber aufhören würde!

Das tat ihm nicht gleich den Gefallen. Doch schließlich brach es ab, genau so überraschend, wie es begonnen hatte. Wieder öffnete sich der Himmel zu makellosem Blau und die Sonne hüllte alles in rötliches Licht. Sie stand dicht über dem Horizont, unmittelbar über einem weiteren gewaltigen Wolkenfeld, das fast schwarz neue Unbill verhieß. Erschreckt stellte er fest, dass es spät geworden war.

Er schaute sich um.

Die Landschaft erschien ihm gänzlich unvertraut. Zum Tal hin soweit er schauen konnte nur Grassteppe, die sich am Gegenhang ein Stück hinaufzog und dann in Wald überging. Im Talboden Büsche und niedrige Bäume in gewundener Linie. Wahrscheinlich floss dort ein Bach. Keine Straße, kein Weg. Auch die Stromleitung konnte er nirgends entdecken, eben so wenig, wie sein Fahrzeug.

Da hatte er schönen Mist gebaut.

Kurz zog er in Erwägung zurückzugehen und auf der Kuppe neu zu beginnen. Doch unaufhaltsam rückte der nächste Schneeschauer heran und er würde sich in der Dämmerung nur noch mehr vertun. Also weiter, bis er auf jemand stieß, der ihm helfen konnte.

Das Gelände verflachte immer mehr, gleichzeitig schwand rasch das Tageslicht. Leichte Panik begann ihn zu überfluten. Die Dunkelheit würde alles unsäglich erschweren. Als er kaum noch die Hand vor Augen sehen konnte, hörte er Hundegebell.

„Na endlich", seufzte er erleichtert und hielt auf das Geräusch zu.

Bald darauf roch er den Rauch eines Holzfeuers. Fast gleichzeitig machte er voraus undefinierbare Formen aus und glaubte schwachen Lichtschein zu erkennen. Gespannt, auf wen er da wohl stoßen werde, beschleunigte er seinen Schritt. Es begann wieder zu schneien.

Die Attacke erfolgte völlig unerwartet und er glaubte, sein Herz müsse stehen bleiben. Er verspürte einen Aufprall gegen das linke Bein. Gleichzeitig fühlte er sich am Ärmel gepackt und wild gerüttelt. Dazu ertönte ein Geräusch, das ihm eine Gänsehaut über den Rücken jagte: ein tiefes böses Grollen. Ein Hund, schoss ihm durch den Kopf. Im selben Moment packte ihn etwas von hinten an der Jacke und zerrte ihn mit großer Kraft zurück. Noch einer! Und dann setzte um ihn herum drohendes Gebell ein. Eine ganze Meute! Er erstarrte und nichts weiter geschah. Allerdings blieb das Zerren am Ärmel und am Rücken und mannigfaches Knurren warnte ihn, auch nur einen Finger zu rühren. Fieberhaft versuchte er einen klaren Gedanken zu fassen, aber alle Bemühungen gingen in einem grellen Blitz unter, der seinen Kopf durchzuckte. Dunkelheit umfing ihn.

Er erwachte von einem Guss kalten Wassers, der sein Gesicht traf.

Verblüfft riss er die Augen auf. Im ersten Moment konnte sein Verstand das Bild nicht verarbeiten, das sie aufnahmen. Eindrücke stürzten unsortiert auf ihn ein: es riecht verqualmt – ich bin in einem Raum – hier sind Menschen. Er verspürte Unbehagen und fand sich nur allmählich zurecht.

In seinem Kopf pochte es heftig. Er lag in unbequemer Haltung auf dem Rücken. Instinktiv versuchte er sie zu verbessern, fühlte sich jedoch sofort schmerzhaft am Hals zu Boden gedrückt. Mühsam schielte er nach links, dann nach rechts und machte in ungewissem Flackerlicht eine Gestalt aus, die mit einer glatten Stange auf seinen Hals drückte. Wellen von Angst ersetzten das bisherige Unbehagen und ließen ihn erbeben. *Bloß nicht rühren* befahl ihm sein Instinkt und der Druck auf seinen Kehlkopf ließ unmerklich nach.

Als nächstes nahm er eine ältere Frau mit langen weißen Haaren wahr, deren Augen ihn scharf musterten. Er versuchte ihrem Blick Stand zu halten, obwohl er sich dabei wie eine Mikrobe unter dem Mikroskop fühlte. Nach einer Weile schaute die Frau zu der Gestalt mit der Stange hinüber und sagte etwas, das er nicht verstand. Die Gestalt stieß ein Grunzen aus, das sie als männlich identifizierte. Darauf wiederholte die Frau ihre Worte, etwas schärfer diesmal. Der Mann zog die Stange weg und er begriff, dass sie ein Speer war. Allerdings hielt er ihn so, dass er ihn jederzeit gegen ihn benutzen konnte. Die Frau schaute wieder ihn an und sagte etwas in ihrer unverständlichen Sprache.

„Wo bin ich?", wagte er zu fragen.

Sie schaute verblüfft, dann machte sie ihm ein unmissverständliches Zeichen: *Setz dich auf.* Er zögerte zuerst. Dann dachte er an den Speer und folgte. Als er aufrecht saß, konnte er mehr sehen.

Ein Stück vor seinen Füßen brannte ein offenes Feuer. Im Flackern der Flammen konnte er weitere Menschen erkennen. Sie standen, hockten im Hintergrund. Ihre Kleidung – soweit Einzelheiten erkennbar waren – sah eigenartig aus, primitiv gefertigt und schien hauptsächlich aus Fellen und Leder zu bestehen. Einige trugen Waffen. Diese Erkenntnis steigerte seine Angst bis an die Grenze der Panik.

Ruhig, befahl er seinen rasenden Gedanken.

Er erfasste weitere Speere, ein paar Schwerter. Fast jeder der Anwesenden trug einen Dolch im Gürtel. Das Metall der nicht verhüllten Waffen wirkte dunkel.

Himmel, bangte er, *wo bin ich bloß hineingeraten?*

Wirre Antworten schossen durch sein Bewusstsein. *Eine Sekte. Nein, Spinner. Geschichtsfreaks. Ja, das hatte etwas für sich. Living History nannte man das in den USA, von wo seit jeher reichlich absonderliche Ideen ins alte Europa zurückschwappten. Warum nicht auch diese? Aber warum gaben sie sich so rabiat? Sie ...*

Der Gedankenflug riss ab, als er merkte, dass die Frau wieder zu ihm sprach. Er verstand kein Wort.

„Ich verstehe Sie nicht", sagte er hilflos.

Ringsum brandete erregtes Stimmengewirr auf. Die Frau hob gebieterisch die Hand und es ebbte ab. Sie lächelte ihn an und trat zögernd näher. Mit der Hand fuhr sie über seine Lederjacke und er hatte das Gefühl, dass sie deren Textur prüfte. Als sie vorn den Reißverschluss berührte, zuckte sie zurück. Sie beugte sich vor, um ihn genauer zu betrachten und stieß dann eine Reihe lebhafter Worte hervor. Wieder verstand er nichts.

Vorsichtig setzte die Frau ihre Musterung fort. Seinen Pullover, den sie ebenfalls betastete, seine Jeans. Schließlich beugte sie sich herunter, um seine Schuhe anzustarren. Er trug knöchelhohe Basketballschuhe aus einem Textil-Ledergemisch. Sie ließ sich Zeit. Dann trat sie einen Schritt zurück und machte tatsächlich eine Verbeugung. Das heißt, sie neigte würdevoll den Kopf, verharrte einen Augenblick in dieser Haltung und richtete sich wieder auf.

Ihm fiel nichts anderes ein, als das Gleiche zu tun. Als er die Frau wieder anschaute, bemerkte er Erstaunen in ihren Augen. Dann kam ihm eine Idee. Er griff in seine Brusttasche, was sofort den Speer vor seine Brust brachte. Doch die Frau gebot mit erhobener Hand Einhalt. Vorsichtig holte er Notizbuch und Kugelschreiber heraus. Wieder aufgeregtes Gemurmel. Er wartete einen Augenblick, bis er sicher war, dass niemand daran Anstoß nahm und zeichnete mit unsicheren Strichen den Berg mit den Bäumen auf eine leere Seite. Anschließend hielt er die Skizze der Frau hin.

Sie wich instinktiv aus, schaute dann aber neugierig auf das Papier. Sofort huschte Erkennen über ihre Züge. Wieder lächelte sie ihn an und nickte schließlich. Danach wandte sie sich dem Mann im Vordergrund zu und begann auf ihn einzureden. Dabei benutzte sie ihre Hände zu ausdrucksvollen Gesten, die wiederholt ihn einschlossen, mehrmals in die Ferne zeigten. Der Mann schien anderer Meinung zu sein, heftig zu widersprechen. Doch als der Ton der Frau bestimmter wurde, nickte er schließlich. Unfreundlich machte er eine Handbewegung, die eindeutig *komm* ausdrücken sollte.

Er nickte der Frau zu, erhob sich und folgte mit weichen Knien dem Mann, der ein herabhängendes Fell bei Seite schob und nach draußen ging. Es war kühl und deutlich heller als vorher. Ringsum standen mehrere Hütten, von Buschwerk und Bäumen umgeben. Irgendwo rauschte Wasser. Sogleich stürzte eine Rotte Hunde auf sie zu, die der Mann mit einem barschen Befehl bedachte. Darauf hielten sie sich knurrend abseits.

Der Mann machte wieder eine herrische Handbewegung und er folgte ihm misstrauisch. Nach ein paar Schritten traten sie aus den Bäumen und er sah die Grassteppe vor sich ausgebreitet.

Ein großer Vollmond stieg gerade über den Horizont, der Himmel war von unzähligen Sternen übersäht, wie er sie lang nicht mehr erlebt hatte. Der Wind blies böig und kräftig. Rechts stieg das Gelände an und er sah nicht allzu fern die Kuppe mit den seltsamen Bäumen im Mondlicht liegen. Sie wandten sich ihr zu.

Während sein Führer sicher und kraftvoll ausschritt und dabei gelegentlich seinen Speer als Stütze benutzte, stolperte er eher unbeholfen hinter ihm her. Doch allmählich gewöhnte er sich an Beleuchtung und Untergrund. Sie kamen zügig voran und nachdem sie eine längere Zeit unterwegs waren, lagen die Bäume unmittelbar vor ihnen. In diesem Moment verdunkelte sich die Umgebung. Er suchte den Mond und stellte fest, dass sich rasend schnell Wolken davor schoben. Als sie den Baumkreis durchschritten, spürte er Schneeflocken auf seinem Gesicht.

Der Mann ging zielstrebig bis zur Steinplatte und wandte sich um. Er hielt an.

Sofort spürte er den Speer an seinem Hals. Erstarrt vor Furcht wartete er auf das Unausweichliche. Doch der Mann griff ihm mit der freien Hand in die Brusttasche und zog Notizbuch und Kugelschreiber heraus.

Er plündert mich aus, dachte er ungläubig und dann: *na wenn schon, für geleistete Führerdienste.*

Inzwischen tastete der Fremde nach seiner rechten Hand und fummelte an den Fingern herum. Gleichzeitig verstärkte sich der Druck der Speerspitze auf seine Kehle. Er rührte sich nicht.

Mein Ring, erinnerte er sich, *er will mir meinen Ehering abnehmen.*

Gleich darauf sah er sich bestätigt. Der Mann hatte gefunden was er suchte und bemühte sich nun grob, den schmalen Reif vom Finger zu ziehen. Auflehnung begann seine Angst zu übertönen. Hastig wägte er seine Chancen ab. Zwar bedrohte ihn der Speer am Hals, doch vielleicht bot sich eine Chance. Immerhin war er deutlich größer und glaubte kräftiger zu sein. Während er noch fieberhaft um einen Entschluss rang, fegte eine scharfe Windböe gegen sie und brachte beide zum Schwanken. Die Speerspitze fuhr eine Handbreit zur Seite. Gleichzeitig brach ein Schneeschauer von unerhörter Vehemenz los. In einem Anfall von Verzweiflung stieß er den Fremden mit aller Kraft vor die Brust. Der taumelte zurück, schaffte es aber trotzdem, mit dem Speerschaft zuzuschlagen. Er versuchte auszuweichen, doch sein Fuß verfing sich am Boden. Er stürzte und krachte schwer auf die Steinplatte. Jeden Augenblick erwartete er einen tödlichen Stoß. Aber nichts geschah.

Nach einer Weile stützte er sich mit fliegendem Atem auf die Arme auf und schaute sich ungläubig um. Ringsum wirbelten Flocken in dichten Schleiern. Der Mann schien verschwunden. Mühsam rappelte er sich hoch und verspürte erneut einen leichten Schwindel. Er machte einen tastenden Schritt von der Platte und ging dann schneller werdend auf die Bäume zu. Als er sie erreichte, brach der Schneeschauer abrupt ab. Der Mond befreite sich aus den Wolken und tauchte alles in ein gespenstisches Licht.

Er verhielt kurz zur Orientierung.

Deutlich konnte er den Weg sehen, die Stromleitung und unten an der Straße sein Auto. Er schaute sich noch einmal um. Niemand. Mit ausgreifenden Schritten rannte er den Abhang hinunter. Ein paar Mal rutsche er aus oder verfing sich im Bewuchs, stürzte und rollte ein Stück bergab. Doch es trieb ihn voran und nach kurzer Zeit war er am Fahrzeug. Hastig warf er sich hinein und verriegelte die Türen. Schwer atmend versuchte er seine Gedanken zu ordnen. *Die Polizei? Sein unglaubliches Erlebnis melden? Immerhin war dieser Kerl verdammt bedrohlich gewesen. Der hatte ihn um Notizbuch und Kuli erleichtert und – ja, der Ring.* Er griff nach seiner Hand. Der Ring fehlte. Das gab den Ausschlag.

Unbeholfen aktivierte er sein Handy. Erst nach einigen Fehlversuchen kam die Verbindung zu Stande.

„Ich bin überfallen worden", stieß er hervor und gab auf die beharrlichen, ruhigen Nachfragen seines Gesprächspartners stotternd Namen und Standort durch.

„Bleiben Sie, wo Sie sind", ordnete die Stimme des Beamten an und ergänzte: „wir schicken eine Streife".

Die traf nach zwanzig Minuten ein und traf ihn schlafend an. Zweifelnd lauschten die Polizisten, hörten seinen verworrenen

Bericht. Als er endete, entstand eine peinliche Pause.

„Wir müssen einen Alkotest machen", sagte dann einer. „Sind Sie einverstanden?"

Er protestierte hysterisch.

„Nur zur Sicherheit", beruhigte der Polizist.

„Von mir aus", fand er sich bereit und ließ seine Verärgerung deutlich spüren.

Natürlich verlief der Test negativ. Die Beamten wirkten ratlos.

„Also, wir wissen nichts von einer Sekte oder einem Geschichtscamp. Kommen Sie morgen zu unserer Station, damit wir eine Anzeige aufnehmen. Es hat ja keine Eile. Ihren Ring finden wir jetzt sowieso nicht."

Resigniert stimmte er zu. Die Polizisten trollten sich zu ihrem Streifenwagen, wobei sie gedämpft miteinander murmelten. Er starrte ihnen nach.

Ich brauche ein Bett für den Rest der Nacht, drängte ein klarer Gedanke durch seine Verwirrung. *Ob ich um diese Zeit ein Zimmer bekomme? Hier bestimmt nicht.*

Er startete den Motor und folgte den entschwindenden Lichtern des Polizeifahrzeugs.

Die Anzeige am nächsten Tag erwies sich als totales Fiasko. Die Polizisten glaubten ihm kein Wort und zeigten sich nach einigem Hin und Her lediglich bereit aufzunehmen, dass er überfallen und ihm der Ehering geraubt worden war. Er empfand die starke Gewissheit, dass er nie mehr von der Sache hören würde.

Einige Zeit später hatte er wieder in dieser Gegend zu tun und fuhr er die gleiche Strecke. Sein Erlebnis, das ihm ohnehin dauernd durch den Kopf spukte, sprang ihn mit neuer Intensität an, als er zur Abzweigung des Feldwegs kam. Ein Stück weiter oben bemerkte er eine Anzahl Leute, die sich auf dem Acker zu schaffen machten. Etwas an Ihrem Verhalten erregte seine Aufmerksamkeit. Kurz entschlossen parkte er seinen Wagen und ging, um zu schauen, was sich da tat.

Das Ganze stellte sich als Rettungsgrabung einer Amateur-Archäologengruppe heraus, die eine Grabstelle sicherte, welche beim Pflügen aufgerissen worden war. Er kam mit dem Mann ins Gespräch, der offensichtlich das Kommando führte. Ob man denn etwas gefunden habe. Ja, erklärte der und machte einen irritierten Eindruck.

„Etwas Besonderes?", fragte er neugierig.

„Ja", antwortete der Mann. „Wir haben einen Fund gemacht, der unmöglich ist. Einen Goldring mit der Jahreszahl 1996 in einem bronzezeitlichen Grab. Das war vor 3000 Jahren. Können Sie mir das erklären?"

Ihm blieb für ein paar Sekunden die Luft weg. Nur langsam fasste er sich.

„Das ist ganz einfach", entgegnete er dann scheinbar gefasst. „Es ist meiner. Ich habe ihn hier irgendwo verloren."

Der Grabungsleiter starrte ihn verblüfft an.

„Ihrer? Völlig unmöglich. Er war in einer Urne mit Grabbeigaben. Wie sollte er dort hineinkommen?"

Er überlegte einen Augenblick.

„Ein Tier könnte ihn verschleppt haben, eine Maus. Was weiß ich. Im Übrigen gibt es dazu ein Protokoll bei der Polizei. Das können Sie sich zeigen lassen. Ich kann Ihnen aber gleich sagen, welche Inschrift der Ring innen trägt: Birgit – 20.06.1996."

„Stimmt", gab der Mann verblüfft zu. „Wir müssen trotzdem mit der Polizei sprechen, bevor wir das Stück an Sie aushändigen."

„Natürlich", stimmte er zu, „auf die paar Tage kommt es nun auch nicht mehr an, nachdem er 3000 Jahre unterwegs war."

Beide lachten, wie über einen guten Witz und er machte sich wieder auf den Weg.

Amsel am Morgen

Er bemerkte nicht gleich, dass etwas nicht stimmte.

Als Schellhorn am Morgen sein Haus verließ, stieß er mit einer Amsel zusammen. Er kam die Treppe herunter, bog um die Hausecke, der Vogel schoss ihm entgegen und prallte gegen seinen Schenkel. Benommen flatterte er zu Boden, huschte dann laut schimpfend ins nächste Gebüsch.

Verrückt, dachte Schellhorn, *genau das Gleiche ist mir vor mehr als einem halben Jahr an derselben Stelle schon einmal passiert. Das gibt es doch gar nicht!*

Kopfschüttelnd ging er zu seiner Garage.

Auf dem Weg zur Arbeit hatte er ständig das Gefühl, dass irgendetwas falsch war. Aber so sehr er seinen Kopf zermarterte, er kam nicht darauf. Schließlich erreichte er sein Büro und sank seufzend in den Sessel. Der erste Griff galt dem Terminkalender.

Mal sehen, was heute anliegt.

Schellhorn stutzte und begann dann leise zu lachen.

So eine Kinderei!

Da hatten die Kollegen versucht, sich einen Scherz mit ihm zu machen und den Kalender verblättert. Schellhorn brachte die Seiten wieder in die korrekte Ordnung und wollte nach dem Telefon greifen. Doch ehe er wählen konnte, erstarrte er mitten in der Bewegung.

Was war das?

Er langte erneut nach dem Kalender, blätterte vor, wieder zurück ... *da sollte doch gleich* ... Der Übeltäter hatte nicht nur das falsche Datum aufgeschlagen, sondern … ja, da fehlten Einträge. Gestern, zu Beispiel, *ja, gestern*, es war beim Zollamt gewesen. Den Besuch hatte er im Kalender vorgemerkt gehabt. Mit Kugelschreiber. Und jetzt war das Blatt leer. Nicht nur leer. Anscheinend unberührt. Völlig unmöglich.

Er blätterte erneut zurück und prüfte genauer. Unglaublich, da fehlten jede Menge Daten. Nirgends eine Spur davon. Aber der Kalender war eindeutig seiner. Die vorhandenen älteren Notizen stammten unzweifelhaft von seiner Hand.

Schellhorn war ratlos.

Während er noch angestrengt grübelte, wie jemand die Aufzeichnungen hatte vollkommen löschen können, öffnete sich die Tür und seine Kollegin Lisa steckte den Kopf herein.

„Du sollst zu Schuster kommen. Sofort!"

Schuster war sein Vorgesetzter.

Schellhorn legte den Kalender zögernd weg, erhob sich und wandte sich Lisa zu, die in der offenen Tür stehen geblieben war.

„Hast du meinen Kalender manipuliert?" fragte er unsicher.

„Ich?" gab Lisa pikiert zurück, „du bist verrückt!"

„Entschuldige", murmelte Schellhorn verwirrt und schob sich an ihr vorbei aus dem Zimmer. Nach wenigen Schritten stand er vor Schusters Tür. Er klopfte.

„Immer herein, wenn's der Schellhorn ist", brüllte es drinnen.

Der könnte sich mal was Neues ausdenken, fuhr es dem Genannten durch den Kopf. Das hatte Schuster gerufen, als er vor einiger Zeit so urplötzlich nach London musste.

Schellhorn trat ein und sah sich Schuster gegenüber, der vom Sessel aufsprang und ihm entgegenstürzte. Er schlug Schellhorn schwer auf die Schulter – *schon wieder!* – und verkündete strahlend: „Pack zusammen, du musst sofort nach London!"

„Was soll das? Findest du das witzig oder was?" knurrte Schellhorn. Er konnte sich zweifelsfrei erinnern: mit haargenau den gleichen Worten hatte Schuster ihn seinerzeit empfangen, von dem schmerzhaften Schulterschlag ganz zu schweigen.

Doch sein Chef ging in keiner Weise auf die Fragen ein.

„Lester & Bancroft sind bereit, mit uns zu kooperieren. Du musst sofort hin, um den Vertrag auszuhandeln".

Der Vertrag war seit einem halben Jahr unter Dach und Fach!

Schellhorn hörte betäubt dem Redefluss Schusters zu, nickte schwach und ließ sich schließlich willenlos aus dem Zimmer drängen. Wie in Trance stakste er in sein Büro zurück und ließ sich schwer in seinen Sessel fallen.

Irgendetwas stimmte ganz und gar nicht.

Zuerst die Amsel, dann der Kalender und jetzt das. Als wiederholte sich ein bereits gesehener Film. Inzwischen vermochte er zu greifen, was ihm auf der Fahrt zum Büro falsch vorgekommen war. Er hatte unbewusst das Gefühl gehabt, al-

les schon einmal erlebt zu haben. Schellhorn rief nach Lisa.

„Welches Datum haben wir heute?"
verlangte er zu wissen und kam sich dabei
ziemlich blöd vor.

Lisa guckte konsterniert und fragte zurück: „Immer noch dein Terminkalender?"

„Bitte keine Fragen. Antworte".

Lisa nannte ein Datum. Es war genau
das, an dem er nach London gereist war.

„Danke", murmelte Schellhorn
schwach, „ich muss nach London".

Lisa nickte nur und ging.

Er blieb jedoch untätig sitzen. Gedanken rasten durch seinen Kopf. Hartnäckig
hielt sich dazwischen die Gewissheit, dass
der Vertrag mit Lester & Bancroft längst
unterzeichnet war. Er hatte eine Kopie im
Aktenschrank. Schellhorn sprang elektrisiert auf und griff nach dem Ordner. Der
Vertrag musste gleich obenauf abgeheftet
sein. Da war er – nein, war er nicht.

Wo ist der Vertrag?

Schellhorn schleppte sich zu seinem
Sessel zurück.

Was ist nur mit mir los?

Er musste sich Klarheit verschaffen.
Ein Gedanke ließ ihn zusammenzucken.
Die Zeitung. Draußen am Empfang lagen

Zeitungen für Besucher. Schellhorn stürzte aus seinem Büro, rannte förmlich den Flur entlang. Da! Er grapschte sich wahllos die oberste Gazette und stierte auf den Titelbalken. Ihn traf fast der Schlag. Das war das Datum seiner Londonreise.

Ha, so haben sie sich das gedacht!

In fliegender Hast überprüfte er alle, mit dem gleichen Ergebnis. Er fasste es nicht. Voll wirrer Überlegungen bewegte er sich zurück zu seinem Büro.

„He, pass doch auf!"

Schuster, er war mit Schuster zusammengestoßen.

„Wieso bist du noch nicht weg?" raunzte der ihn an.

„Bin schon unterwegs", verteidigte Schellhorn sich schwach.

Im Büro sank er wieder auf den Sessel, dachte angestrengt nach.

Das Radio!

Er hatte eine Mini-Stereoanlage im Regal stehen. Die schaltete er ein. Werbung. Die kam immer kurz vor den Nachrichten. Er sah auf die Uhr.

Ja, drei Minuten vor Voll.

Ungeduldig und keines zusammenhängenden Gedankens fähig wartete er auf den Beginn. Endlich das Signal. Die Sprecherin begrüßte die Zuhörer. Und dann haute es Schellhorn um. Sie brachte lauter olle Kamellen. Es gab keinen Zweifel, es war der Tag, an dem er zu Lester & Bancroft geflogen war.

Ich bin in der falschen Zeit!

Schellhorn packte seine Siebensachen und reiste nach London. Jetzt, da er wusste, worauf er zu achten hatte, wurde es überdeutlich. Er erlebte das vergangene halbe Jahr noch einmal. Er schloss den Vertrag und kehrte zurück. Er verbrachte Tage der Gewissheit, dass nichts ihn überraschen konnte. Einmal versuchte er, mit seinem Zukunftswissen zu prahlen und machte sich nur lächerlich. Danach redete er mit niemand mehr über seine Erfahrung. Er verspürte nicht den Wunsch, in der Klapsmühle zu enden.

Die ganze Zeit zermarterte er sich den Kopf, wie er aus dieser Situation Vorteile ziehen konnte.

Lotto!

Im Keller lagen die alten Zeitungen für die Papiersammlung. Er durchwühlte den Stapel. Vergebens. Er fand nicht die geringste Information jenseits des Tagesdatums.

Welche Aktien hatten im letzten halben Jahr eine sprunghafte Aufwärtsentwicklung gemacht?

Er wusste es nicht und verfluchte sich wegen seines mangelnden Interesses. Als ihm nichts einfiel, wie er rasch zu viel Geld kommen konnte, probierte er, Einfluss auf den Ablauf der Ereignisse zu nehmen. Es gelang ihm nicht. Auf eine vertrackte Weise widersetzte sich ihm die erlebte Vergangenheit. Alles blieb, wie es gewesen war. Aber er kam seinen Freunden und Kollegen äußerst merkwürdig vor.

Schließlich rückte der Tag heran, an dem alles begonnen hatte. Schellhorn sah ihm mit Grauen entgegen.

Was, wenn das immer so weitergeht?

Als er mit weichen Beinen morgens das Haus verließ und um die Ecke bog, war da keine Amsel.

Auf Leben und Tod

„Schach", warnte die Stimme.

Niemeyer stoppte aus flottem Schritt, als sei er gegen eine Glaswand gelaufen, fuhr hastig herum. Leer: Hinter ihm war der Gehsteig menschenleer. Aber auch vor sich hatte er niemand wahrgenommen. Zur Sicherheit schaute er in die alte Richtung. Genau. Keine Seele.

Ob da jemand aus einem der Fenster gesprochen hatte?

Sein Blick tastete die Häuserfront ab. Alles zu. Klar. Bei der Kälte. Und doch hatte zweifelsfrei das Wort *Schach* sein Ohr gefunden.

Ich werde doch nicht verrückt werden?, argwöhnte er.

„Nein", versicherte die Stimme so verständlich, als stünde der Sprecher dicht neben ihm, „in deiner Zukunft nicht vorgesehen. Aber du musst einen Zug machen. Schach."

Erneut fuhr Niemeyer herum, fand sich allein, kreiselte verunsichert, reckte den Kopf, seitwärts, in die Höhe, um ihn endlich resignierend zu schütteln.

„Wer spricht da?", fragte er in die leere Luft und kam sich saublöd vor.

„Ich", antwortete die Stimme.

„Ich – ich", äffte Niemeyer gereizt und schnauzte dann: „Geht es etwas deutlicher? Keine Ahnung, wer du bist."

„Dein Schicksal", beschied die Stimme schlicht.

„Schicksal, ha!", prustete Niemeyer. „Dass ich nicht lache. Wenn man Stimmen hört, ist man verrückt. Oder man wird es. Scheiße!"

„Kein Grund zu fluchen", tadelte die Stimme, „ich habe dir bereits gesagt, dass da keine Gefahr besteht. Vertrau mir. Und nun mache endlich deinen Zug".

„Was für einen verdammten Zug?"

„Na, irgendetwas, das dein weiteres Leben beeinflusst", erklärte die Stimme geduldig.

Niemeyer reichte es.

„Ach, lass mir doch meine Ruhe", maulte er und trollte sich kopfschüttelnd. Nach ein paar hundert Schritten erreichte er die Kreuzung Seydlitzstraße, in die er nach kurzem Zögern nach rechts einbog.

„Und matt", schloss die Stimme resignierend.

Niemeyer sah nicht den schweren Gesimsstein, der sich aus der verkommenen Hausfassade über ihm löste und herabstürzte. Er traf ihn voll am Kopf und erschlug ihn auf der Stelle.

BROT

Die Plakette an der Eingangstür prangte in hochglanzpoliertem Messing und strahlte in der Morgensonne wie pures Gold. Allein schon dieser Anschein vermittelte einen Eindruck von Gediegenheit, Tüchtigkeit und Wohlstand. Was Schuchardt jedoch richtig in Hochstimmung versetzte, war die Aufschrift. BROT stand da, in eleganten Lettern, die exakt in das Metall eingeprägt und mit tiefschwarzem Lack ausgelegt die glatte Oberfläche unterbrachen. BROT, in Großbuchstaben. Sicher ein Akronym, schoss ihm durch den Kopf. Doch wofür die Lettern möglicherweise standen, blieb ihm verborgen. Kein Zusatz, keine Erklärung störte daneben die makellose Glätte.

Aber das Wort selbst bedeutete eine Verheißung, auch wenn die Schreibweise ihn etwas irritierte. Brot, Arbeit war das, was er suchte. Deswegen stand er hier vor dieser gediegen aussehenden Tür aus Milchglas und Metall mit dem verheißungsvollen Messingschild. Das Inserat hatte eine halbe Seite in der Zeitung eingenommen und Hoffnung in ihm geweckt, kaum dass es ihm ins Auge sprang. Und das gelang ihm in der Tat: Es sprang ins Auge. Die dicken Buchstaben, die das magische Wort BROT formten, darunter die Frage „Sie müssen sich verändern?". Dann der entscheidende Satz: „Kommen Sie zu uns, wir haben die Lösung".

Das hatte genügt. Zuversicht war in ihm aufgekeimt, wie junges Grün. Er musste nicht arbeitslos werden, keinen sozialen Abstieg befürchten. Dass er aus seiner gut bezahlten Stellung gekündigt worden war und mit seinen 54 Jahren keine neue mehr finden würde, verlor an Bedeutung. Jemand brauchte ihn, würde ihm ein Angebot machen.

Schuchardt hatte die Telefonnummer gewählt, die in dem Inserat angegeben war und fand sich von einer angenehmen weiblichen Stimme begrüßt und aufgefordert, sein Problem zu beschreiben. Dann hatte er die Adresse und einen Termin erhalten, zu dem er sich vorstellen sollte. Nun war er hier.

Sein Blick tastete die Tür ab, um einen Drücker oder eine Klinke zu finden. Da fand sich keines von beiden. Stattdessen sah er in der Mitte in einem ovalen Metallrahmen ein ebensolches Feld aus Glas. Merkwürdig. Es erweckte fast den Eindruck eines Klingelknopfes, war aber eindeutig keiner. Vielleicht ein Sensor?

Zögernd legte er seinen Daumen auf die Fläche und drückte leicht. Nichts geschah. Allerdings vermeinte er nach einer Weile ein leises Surren zu hören. Er nahm seinen Daumen weg. Die Tür öffnete sich lautlos und wie von Geisterhand nach innen. Einen Augenblick zauderte er, dann trat er durch den Eingang.

Was immer er erwartet hatte, einen Empfang mit einer Empfangsdame, irgendein menschliches Wesen oder wenigstens einen Wegweiser, seinen neugierigen Blicken bot sich nichts dergleichen. Der Raum, richtiger: die kleine Halle, war leer. Menschenleer, ohne Möblierung. Lediglich ein paar teuer aussehende Grünpflanzen standen geschickt platziert und erzeugten einen angenehmen Kontrast zum beigefarbenen Marmor, der Fußboden und Wände verkleidete. Die Decke war mit einem feinkörnigen weißen Rauputz versehen.

Rechts vom Eingang begann eine breite Marmortreppe aus dem gleichen beigen Stein, die um den halben Raum herum in die Höhe führte und links durch die Decke verschwand. Ein makellos poliertes Messinggeländer in modernem Design sicherte sie auf der offenen Seite. Die Halle erhielt Tageslicht aus wandhohen schmalen Fenstern, die die ganze Fläche gegenüber der Eingangstür einnahmen.

Für Sekunden stand er reglos und nahm den Eindruck in sich auf, den der Raum ihm vermittelte. Er fand ihn durchaus zwiespältig. Auf der einen Seite fühlte er Geld und Macht, auf der anderen eine gewisse Kälte und Nüchternheit. Das Fehlen jeglichen Anzeichens von menschlichem Leben berührte ihn am deutlichsten. Er verharrte unentschlossen, dann wandte er den Kopf zurück zur Tür. Sie war zu. Nun denn, er drehte den Kopf zurück und machte einen Schritt auf die Treppe zu.

Leise Musik erscholl. Er konnte weder ihren Ursprung ermitteln noch sie einordnen. Sie erschien ihm am ehesten wie modernisierte Klassik und passte perfekt zum Stil der Eingangshalle. Unter ihren dezenten Klängen schritt er die Treppe hinauf, umrundete ihre zwei Biegungen und sah sich am oberen Ende einer weiteren Tür aus Rauchglas gegenüber, auf deren beide Flügel in Goldbuchstaben das Wort BROT aufgebracht stand, BR auf der einen und OT auf der anderen Hälfte. Wieder vermisste er eine Erklärung oder einen Zusatz.

Während er sich der Tür näherte, schwangen die Flügel auf. Er trat hindurch und befand sich in einem zweiten Raum, der dem Erdgeschoss glich, wie ein eineiiger Zwilling dem anderen. Lediglich die Treppe fehlte. Wie ein rascher Rundblick ihm zeigte, war sie überflüssig. Es gab keine weiteren Türen. Aus diesem Raum konnte man nur über die Treppe zurück nach unten. Auch hier: keine Menschenseele.

Dafür fing in der Mitte ein kleines rundes Tischchen mit Messingplatte den Blick, schräg dahinter ein Polstersessel aus braunem Mattleder, die gegen die der Tür gegenüber liegende Wand gerichtet waren und dort eine Glasfläche von etwa zweieinhalb Meter Breite und zwei Meter Höhe konfrontierten, einen Großbildschirm, von dem ihn eine atemberaubend schöne Frau anlächelte. Sie saß in einem gleichen Polstersessel hinter einem runden Tischchen, der in einem ähnlichen Raum stand. Die Tischplatte wies ein seltsames Muster auf, aus dem er sich keinen Reim machen konnte. Lediglich in der Mitte erkannte er die Umrisse einer Hand. Er schaute auf den Tisch vor sich und registrierte eine identische Platte.

Die Frau hatte ihr langes goldenes Haar zu einer Hochfrisur aufgetürmt. Sie trug ein rotes Kostüm mit kurzem Rock und hatte die wohlgeformten Beine übereinander geschlagen. Die Füße steckten in schwarzen Pumps. Sein prüfender Blick bemerkte, dass sie keinerlei Schmuck trug. Aber dessen bedurfte sie nicht.

Er fühlte sich von dem unerwarteten Arrangement so verblüfft, dass er reglos stand und das Abbild der Frau anstarrte. Ihr Lächeln vertiefte sich.

„Treten Sie näher und nehmen Sie bitte Platz", klang ihre Stimme voll durch den Raum und er erkannte in ihr die Stimme vom Telefon eindeutig wieder. Anscheinend war BROT sparsam, was die Ausstattung mit Personal betraf. Er tat ein paar Schritte und ließ sich in den Sessel sinken. Die Frau lächelte ihn weiter an, während ihre grauen Augen ihn eingehend prüften.

Irgendwo musste eine Kamera sein. Ganz offensichtlich konnte sein Gegenüber ihn sehen und auf ihn reagieren. Das milderte die ungewöhnliche Situation etwas, obwohl die Distanz ihm Unbehagen verursachte. Trotzdem versuchte er seinerseits ein Lächeln.

„Hallo", sagte er unsicher in Richtung Bildschirm, „ich bin etwas verblüfft".

„Unsere Statuten erlauben den Kontakt nicht anders", erwiderte die Frau vom Bildschirm. „Aber vielleicht hilft es, wenn ich mich vorstelle. Ich bin Ruth."

„Schuchardt", stellte er sich seinerseits vor und fügte dann hinzu „Wolfgang Schuchardt". Er fand es überraschend, dass sie nur ihren Vornamen genannt hatte. Ruth schien ihm doch etwas zu vertraut. Nun wusste er nicht, wie er sie anreden sollte. Aber sie nahm ihm die Entscheidung ab.

„Sie kommen auf unser Inserat hin", fuhr sie fort, „Was können wir für Sie tun?"

Schuchardt schilderte ihr seine Situation. Aufmerksam hörte sie zu. Gelegentlich unterbrach sie, um Fragen zu stellen. Nicht immer war ihm deren Sinn eingängig. Doch er bemühte sich, alle erschöpfend zu beantworten. Allmählich gewann Schuchardt den Eindruck, dass er sehr viel von sich preisgab. Er kam sich nackt und ungeschützt vor.

Schließlich beendete er seine Ausführung. Anscheinend war Ruth zufriedengestellt, denn es folgten keine weiteren Fragen. Stattdessen streckte sie ihre Hand nach dem Tischchen aus und legte sie in den vorgezeichneten Umriss.

„Legen Sie bitte Ihre Hand auf die Tischplatte wie ich", forderte sie Schuchardt auf.

Der tat, wie ihm geheißen. Die Platte fühlte sich kühl an. Plötzlich fuhr er zusammen. Etwas hatte mit giftigem Zischen gegen seine Hand geblasen, wie ein scharfer Luftstrahl aus einer Sprühdose, nur stärker. Fast schmerzhaft. Schuchardt, der instinktiv mit der Hand zurückgefahren war, schaute verdutzt auf die Handfläche. Da schien eine feuchte Stelle zu sein, die rasch verschwand. Er blickte zu Ruth hin. Sie lächelte beruhigend.

Ihre eigene Hand lag noch, wo sie sie hingelegt hatte. Doch der Ärmel ihrer Jacke hatte sich etwas verschoben. Dicht über dem Handgelenk bemerkte Schuchardt erst jetzt eine Tätowierung. Es war nicht leicht, sie zu erkennen. Schließlich war er sich sicher. Da stand R.U.T. In Großbuchstaben und mit einem Punkt hinter jedem. Seine Gedanken überschlugen sich. Ehe sie jedoch zu einem Schluss gelangen konnten, begann Ruth wieder zu sprechen.

„Wir sind zu einer Entscheidung gekommen. Sie werden im Wirtschaftsprozess nicht benötigt. Wegen Ihrer Verdienste um das Gemeinwohl sind Sie in Klasse zwei eingestuft. Lebensunterhalt wird für elf Jahre gewährt. Die Entscheidung ist unwiderruflich. Wir wünschen Ihnen eine angenehme Zeit."

Der Monitor fiel von den Rändern her zusammen. Ruths Bild verschwand in einem letzten Lichtpunkt. Auf der leeren Fläche erschien in Goldbuchstaben das Wort BROT. Darunter las Schuchardt: BÜRO FÜR RATIONALISIERUNG, ORGANISATION UND SOZIALE TRIAGE - IM DIENSTE DER GEMEINSCHAFT.

Das Haar der Berenice

Ich wusste wohl, wo ich zu suchen hatte. Im Sternbild *Coma Berenices* würde er auftauchen. Als winziges Lichtpünktchen zuerst, dann immer strahlender und zuletzt in voller Pracht, in eine gigantische Gaswolke gehüllt und einen Schweif von Millionen Kilometern hinter sich herziehend. Seine Coma, von der er seinen Namen erhielt, wie der Galaxienhaufen, aus dem ich stamme. Und mein Sinn würde heiter sein.

Denn ich liebe Haar. Meine gesamte Rasse liebt es. Schließlich weile ich nur deshalb auf diesem fremden Planeten, der meiner Heimat jenen Namen gab, in einer alten Sprache, die längst nur noch von Eingeweihten gesprochen wird: Coma Berenices – das Haar der Berenice. Natürlich heißt unsere Region des Kosmos in meiner Muttersprache völlig anders. Aber wir bevorzugen ganz einfach diesen wunderbaren irdischen Namen. Eben, weil wir verrückt sind auf Haar.

Ich bin hier als Kundschafter. Das Unternehmen, das mich beschäftigt, hat mich hergesandt, um Vorbereitungen für den

Vorbeiflug des Kometen zu treffen. Zahlreiche Touristen würden kommen, um das Schauspiel zu genießen, das einen Bezug zu diesem Planeten hat, wie sonst zu keinem im gesamten All. Allerdings ist das nicht der einzige Grund. Schließlich gibt es hier Haar in Hülle und Fülle.

Wie herrlich, es anzuschauen!

Diese Farben! Von ganz hell, wie Platin, über Gold, wie die endlosen Weizenfelder, alle Abstufungen von Braun bis hin zum tiefen Schwarz, das fast blau wirkt. Und die Nuancen des Alters: Grau und Silber. Doch vielen von euch genügt das nicht, und sie lassen ihr Haar färben. Da gibt es schrille Töne und dezente und raffinierte Effekte. Wir danken euch dafür und ebenso für die Vielfalt, zu der ihr Mut zeigt. Ganz kurz, so dass das Haar sich anschmiegt, wie das Fell eines Tieres und sich auch so anfühlt. Alle Abstufungen bis zu den Schultern oder noch länger, wahre Löwenmähnen. Königlich hochgetürmt, mit frechen Zöpfchen oder Knoten, Schwaden und Schnecken, wilden Verwirbelungen, kecken Fransen. Ach, ich gerate ins Schwärmen. Dazu lockig, glatt, sanft geschwungen oder gekräuselt.

Nirgends sonst lässt sich in derartigen Herrlichkeiten schwelgen. Schon gar nicht auf meinem Heimatplaneten. Wir sind alle völlig kahl. Deshalb passen wir uns mit Kunsthaar an, während wir uns hier aufhalten. Aber wenn ihr mehr über uns wissen wollt, besucht doch einfach eine unserer zahlreichen Niederlassungen.

Die Belohnung

Joey Xuereb, Inhaber des *Neonglow*
überlegte, ob er sein Geschäft schließen
sollte. Es lag in der Triq Il-Gdida in Msi-
da, im Großraum von Valletta, der quirli-
gen Hauptstadt Maltas und versorgte die
unterschiedlichsten Kunden, die alle eine
Gemeinsamkeit verband: der Bedarf an
Neonbeleuchtung jedwelcher Art. Von
der simplen Röhre für banale Lichtprob-
leme bis hin zu aufwendigen Geschäftsre-
klamen konnte Joey mit allem dienen.
Standardware hielt er auf Lager. Sollte es
etwas Besonderes sein, ließ er es in einem
Zulieferbetrieb nach den Wünschen seiner
Abnehmer anfertigen. Damit würde er
zwar nicht reich werden, aber seine Fami-
lie und er konnten gut davon leben und
sich sogar einen gewissen Luxus leisten.
Was wollte er mehr?
Gute Verdienstmöglichkeiten waren in
der kleinen Republik dünn gesät. Im Augenblick aber bewegten sich seine Gedanken in eine andere Richtung. Ein langer,
heißer Arbeitstag ging zu Ende und Joey
fühlte sich ziemlich fertig. Die letzte halbe
Stunde hatte er in trägem Dösen ver-

bracht, irgendwo zwischen Schlaf und Wachsein und gerade waren ihm die Augenlieder wieder zugefallen.

Plötzlich schreckte er zusammen. Vor ihm stand ein Mann. Joey war völlig entgangen, wie er sein Geschäft betrat. Doch unzweifelhaft verharrte er jetzt vor ihm und lächelte ihn unsicher an.

„Was kann ich für Sie tun, mein Freund?", brachte Joey mit einiger Mühe heraus und versuchte verzweifelt, Ordnung in seine treibenden Gedanken zu bringen. Gleichzeitig argwöhnte er, dass ihm Röte ins Gesicht stieg, weil er sich ertappt fühlte.

„Ich weiß nicht", murmelte der Fremde zögernd, „ich meine, ich weiß nicht, wie ich das erklären soll".

„Fangen Sie einfach an", meinte Joey freundlich und kam allmählich wieder auf Touren. „Dann werden wir schon sehen".

Er musterte seinen Besucher oder Kunden oder was immer der sein mochte unauffällig: Mittelgroß und ein bisschen zur Fettleibigkeit neigend, deutlich diesseits der Lebensmitte. Ein Dutzendmensch, wäre nicht seine Kleidung gewesen. Sie ließ Joey erstaunt die Augen aufreißen, denn sie wirkte irgendwie – biblisch. Ja, dachte er, wie auf alten Darstellungen biblischer Szenen, denen er in seinem Leben als gläubiger Katholik häufig begegnet war. Ein Araber, fiel ihm hilfreich ein, aber gleich verwarf er diese Zuordnung wieder. Die Tracht sah eindeutig altmodisch aus. Komischer Heiliger.

„Also", der Mann wand sich förmlich, „es ist so: Mein Heiligenschein leuchtet nicht".

Joey verkrampfte sich. Der kann Gedanken lesen, fuhr ihm durchs Hirn. Etwas dümmlich wiederholte er „Heiligenschein".

„Ja", bestätigte sein Gegenüber und wirkte erleichtert. „Das leuchtende Ding, das über meinem Haupt schwebt".

„Da ist kein leuchtendes Ding über Ihrem Haupt", wandte Joey ein und fühlte sich auf die Schippe genommen.

„Eben", bekräftigte der andere, „deswegen komme ich ja zu dir. Er scheint nicht".

O Gott, ein Spinner, fuhr es Joey durch den Kopf und das am Feierabend. Das war mehr, als er verkraften konnte.

„Pass auf, mein Freund", sagte er mit bestimmtem Ton. „Ich hatte einen harten Tag und bin müde. Wenn du nichts dagegen hast, schließe ich jetzt mein Geschäft und du gehst brav nach Haus. Ich kann nichts für dich tun".

„Es ... es tut mir leid, wenn ich dich aufhalte." Der Spinner lächelte begütigend, machte aber keine Anstalten zu gehen. „Aber ich bin wirklich ein Heiliger. Man nennt mich San Desiderio."

„Desiderio?" wiederholte Joey zweifelnd. In Windeseile ließ er alle ihm bekannten Heiligen in seinem Gedächtnis Revue passieren. Es war eine ganze Menge. Einen Desiderio fand er indes nicht. „Nie gehört", ergänzte er deshalb barsch.

„Na ja", brachte Desiderio kleinlaut heraus, „ich bin eben kein sehr bekannter Heiliger. Die Leute rufen mich an, wenn ... ". Er verstummte verzagt und warf Joey einen Hundeblick zu. Das rührte sofort an dessen Herz. Der Typ tat ihm leid.

„Wie sah dein Heiligenschein denn aus?" forschte er zum Spaß und gab seiner Stimme eine freundliche Färbung. „War er ringförmig oder strahlenartig, eine runde Lichtscheibe oder nur so ein diffuser Schimmer?". Alle diese Formen kannte er von Heiligenbildern. Aber selbstverständlich war seine Frage nicht ernst gemeint.

„Es war ein ganz normaler Heiligenschein", entgegnete Desiderio ungerührt.

„Wie konnte er denn erlöschen?" ging Joey weiter auf ihn ein.

„Das weiß ich nicht", gestand Desiderio, „oder vielleicht doch. Da war diese Frau".

„Frau?", hakte Joey nach.

„Auf dem Markt. Sie gab mir ein Glas Wasser. Sie ..." er verstummte und Joey sah zu seiner Verblüffung, dass der andere tatsächlich rot anlief.

„Was war mit ihr?" gnadenlos bestand Joey auf einer Antwort.

„Sie ... sie" stotterte Desiderio und hatte ein Gesicht wie eine reife Tomate. „Sie war wunderschön", raffte er sich dann auf und fuhr beschämt fort: „Tatsächlich gingen mir ein paar unheilige Gedanken durch den Kopf. Jedenfalls ging der Heiligenschein aus".

So viel zum Thema Heiliger, dachte Joey und meinte tröstend: „Wenn es weiter nichts ist. Schließlich habe ich auch keinen Heiligenschein".

Desiderio sah gequält aus. „Du bist ja auch kein Heiliger. Wenn ich so nach Hause komme, erkennt Petrus sofort, was los ist. Vielleicht lässt er mich gar nicht rein. Was soll ich dann tun? Schließlich bin ich schon lange nicht mehr von dieser Welt".

Allmählich trieb er es zu weit, fand Joey. Er musste ihn los werden.

„Meine Neonröhren brauchen elektrischen Strom", erklärte er etwas boshaft, „vielleicht musst du nur ein bisschen aufgeladen werden. Komm mit".

Er ging voraus in seinen Arbeitsraum, der bereits aufgeräumt war. Aus einer Schublade unter der hölzernen Werkbank zog er ein Kabel hervor, das an einem Ende einen Netzstecker besaß und das am anderen Ende in zwei Krokodilklemmen auslief. Er stöpselte den Netzstecker ein und überlegte, ob er den Hauptschalter ausgeschaltet hatte. Ja, erinnerte er sich, vorhin, als er schließen wollte. Nun gut. Jetzt würde man sehen.

Er reichte seinem merkwürdigen Besucher die Klemmen getrennt mit beiden Händen hin, indem er die Kabel an der Isolierung hielt. Desiderio sah ihn mit einem undefinierbaren Blick an und griff dann ohne Zögern zu. Nichts passierte.

„Es funktioniert nicht", stellte er enttäuscht fest.

Joey lachte innerlich. Natürlich nicht. Weil erstens kein Strom auf der Leitung und zweitens der Mann kein Heiliger war. Er griff nach den Kabelenden, erst nach dem einen. Dann lächelte er und erklärte:

„Das kommt davon, dass du kein Heiliger bist". Nun nahm er auch die zweite Klemme in die Hand.

„Schade, dass ich dich nicht überzeugt habe", murmelte Desiderio vor sich hin. „Aber wenn du Recht hättest, lägst du jetzt tot am Boden".

Quatsch, dachte Joey, der Hauptschalter ist aus. Das ist alles. Er schaute unwillkürlich hinüber – und erstarrte. DER SCHALTER WAR AN!

Als hätte er glühende Eisen in den Händen, ließ er die Klemmen fallen. Sie fielen, bis sich das Kabel straffte und schlugen dann zusammen. Bläuliche Funken sprühten knisternd, es gab einen leisen Knall und das Licht ging aus. Sofort hörte das Sprühen und Knistern auf. Joey zitterte haltlos, keines klaren Gedankens fähig.

Aus dem Halbdunkel des Raumes hörte er Desiderios Stimme. „Es tut mir Leid, wenn ich dich erschreckt habe. Schade, dass es nicht funktioniert hat, doch war es einen Versuch wert. Leb wohl und der Herr sei mit dir".

Er wandte sich um und verließ das Geschäft. Als er durch die Tür trat, erstrahlte über seinem Kopf ein feiner, aber deutlich erkennbarer Kranz aus überirdischem Licht.

Drei Wünsche

„Holy Shit", stieß Tony Sheffield zwischen den Zähnen hervor und wandte sich vom Fenster ab.

Er wollte diese Stadt nicht mehr sehen, ihre vom Wetter und von der Zeit gezeichneten Dächer, die in Langweile verkommenden Straßen, die darin scheinbar planlos hin und her eilenden Figuren. Er wollte überhaupt keine Stadt mehr sehen, jedenfalls keine fremde. Für lange, lange Zeit nicht.

Ruhe wollte er, Ruhe, seinen trüben Gedanken nachzuhängen, um vielleicht, vielleicht irgendwann daraus zu entfliehen.

Tony Sheffield war Sänger.

Kein übermäßig erfolgreicher. Immerhin reichte sein Talent, um ihm Tourneen zu bescheren. Die gegenwärtige führte in zu viele Städte des Landes, nicht die Zentren, eher in die Provinz, aber das mochte besser sein als gar nichts. Zumindest sah es sein Agent so und zeigte sich zufrieden, wenn er die Konzertsäle füllte. Mehr oder weniger. Dabei besaß Tony eine ansprechende Stimme, er verstand zu singen, was in seinem Geschäft keineswegs als Norm gelten konnte.

Woran also lag es, wenn eine nagende Unzufriedenheit als Schatten über seinen Gedanken lag?

Freilich wusste er den Grund nur zu genau. Es war sein Aussehen. Ja. Er stellte schlichtweg nichts dar. Groß und schlaksig, mit einem Dutzendgesicht, dem eine etwas zu große Nase die beherrschende Note gab, fühlte er sich unsicher. Diese Unsicherheit übertrug sich auf seine Haltung, seine Bewegungen und wenn er auf der Bühne ins Rampenlicht der unbarmherzigen Scheinwerfer trat, brauste kein begeisterter Jubel auf, sondern es trat Stille ein. Eine vielsagende Stille, jedenfalls was die Reaktion seines Publikums anging. Erst wenn sein warmer Bariton sich in den Klang der Instrumente mischte, gab es zögernde Klatscher und am Schluss des ersten Stücks erntete er braven Beifall. Der konnte sich durchaus steigern und eine gewisse Stimmung kam in Saal auf. Aber das war dann alles. Es fielen keine Teenies in Ohnmacht, keine einzige pubertäre Göre versuchte die Bühne zu stürmen. Nichts.

Und deshalb hatte er die Schnauze voll.

Immerhin war er nicht blöd. Er vermochte seine Situation ziemlich genau einzuschätzen. Nie würde er ein Star sein, immer nur zweite Wahl. Doch das genügte ihm nicht.

Wenn ich drei Wünsche frei hätte, dachte Tony resigniert. Und gleich darauf: *Ja wenn, was dann?*

Er lachte leise auf, ein spöttische Lachen. Aber dann verstummte er und hing dem Gedanken nach. *Also gut*, überlegte er, *ich würde gern besser aussehen. Ich möchte ein Star sein und die Frauen sollen mir nachlaufen.* Nun war es heraus. Tony hatte das Empfinden, das Zimmer leuchte in einem überirdischen Licht auf und er erschrak ein wenig. Ein rascher Blick zum Fenster klärte das Phänomen sofort auf. Die späte Nachmittagssonne hatte sich aus umklammernden dunklen Wolken befreit und tauchte den Raum in goldenes Licht. Gleich darauf verlor sie wieder die Kontrolle und tristes Grau kehrte zurück.

So viel dazu, kommentierte Tony im Stillen. Was hatte er erwartet? Eine liebreizende Fee, die plötzlich vor ihm stand und seine kindlichen Wünsche erfüllte? Er zuckte die Schultern und sah dann auf die Armbanduhr. So spät schon? Langsam musste er sich für den Abend fertig machen.

Tony ging ins Bad und knipste das Licht über dem großen Toilettenspiegel an.

Sein ungeliebtes Gesicht schaute ihm daraus entgegen und er nahm sich die Zeit, es noch einmal kritisch zu bewerten.

Hm, dachte er, *was haben wir da also?*

Sein Haar schien eigentlich ganz in Ordnung. Na ja, er gab eine Menge Geld für teure Friseure aus. Aber Farbe – ein dunkles Blond – Fülle und Schwung konnten kaum besser sein. Eine freche Mähne. Das Gesicht, das sie umwallte, ein Oval mit kräftigen Zügen. Auch nicht so übel. Brauchbarer Mund, sehr maskulin. Die Nase. Ja, schon eine Idee zu groß. Oder etwa nicht? Die braunen Augen standen weit auseinander und kontrastierten zur Farbe des Haares.

Plötzlich verstand er sich selbst nicht mehr. Gewiss, er war kein Schönling aus einem Modejournal. Eher ein Kerl wie Gerard Depardieu. Aber der war doch in Ordnung. Und halt. War Depardieu nicht auch groß und schlaksig?

Tony richtete sich auf und reckte den Brustkorb. Seine Schultern wirkten gar nicht unbeholfen. Er knöpfte das Hemd auf und schob es auseinander. Ja, auch das sah ganz brauchbar aus. Keine übermäßige Behaarung, entwickelte Muskulatur. Vielleicht sollte er heute Abend ein oder zwei Knöpfe mehr aufmachen....

Der Abend verlief überraschend.

Schon hinter der Bühne vernahm er diesmal das Publikum. Gleich zu den ersten Klängen der Band setzte Klatschen und Trampeln ein. Tony lief mit ungewohntem Schwung hinaus und sah sich von wacher Erwartung empfangen. Der Applaus schwoll an, einzelne Tony-Rufe mischten sich hinein. Entschlossen begann Tony zu singen.

In der Pause umringten ihn die Instrumentalisten voller Begeisterung.

„Mann, Tony, das war Klasse", schwärmte Sean, der Gitarrist. „Wenn du nachher so weiter machst, wird das ein Riesenerfolg".

Auch die anderen redeten aufgeregt auf ihn ein und der Drummer verstieg sich sogar zu einem freundschaftlichen Stoß vor die Brust.

So geht das, überlegte Tony zynisch. Wenn du gut drauf bist, hast du Erfolg und bist *everybody's darling. Jetzt ist es also so weit.*

„O.k., o.k", wiegelte er dann skeptisch ab. „wollen mal sehen, wie der zweite Teil ankommt".

Langsam beruhigten sich alle wieder. Doch als es Zeit war, auf die Bühne zu gehen, raste das Publikum bereits, als die Band rausging. Tony machte die ungewohnte Erfahrung, von hemmungsloser Begeisterung begrüßt zu werden und von Song zu Song steigerte sich diese noch. Als er endlich *I wanna make you love me* anstimmte, den Titelsong der Tournee, brachen alle Dämme. Vorn an der Rampe gab es einen ungeheuren Tumult. Die ausschließlich weiblichen Fans, die sich dort zu Tode zu trampeln drohten, kreischten, reckten die Arme nach ihm, rauften sich die Haare. Tränen liefen über zahllose Gesichter und zogen schmierige Spuren von Wimperntusche und Eyeliner über hektisch gerötete Wangen. In den ersten Reihen ging Mobiliar krachend zu Bruch. Und an den Rändern des Auflaufs fielen tatsächlich ein paar Mädchen in Ohnmacht.

Tony konnte nur mit Mühe bei der Sache bleiben. Dann fingen links die Ersten an, auf die Bühne zu klettern. Wie bei einer Flutwelle, die endlich die Krone des Deichs überwindet und sich unaufhaltsam auf das dahinter befindliche Land ergießt, drängte von hinten die Masse nach. Kreischende Mädchen und Frauen schwappten gleichsam über die Rampe, gleich darauf über Tony, zerrten an seiner Kleidung, an seinem Haar und drohten ihn von den Beinen zu reißen.

„Tony, Tony" und „ich liebe dich", tönte der kakophonische Chor in seinen Ohren, ein Geräusch, vor dem die Furien der Hölle erschrocken verstummen mussten. Daraus auf wundersame Weise isoliert der deutliche Schrei „mach mir ein Kind".

Tony rang um Haltung, um festen Stand. Nur kurz versuchte er weiter zu singen, wich dabei zurück und gab rasch auf. Von reißenden Armen behindert wandte er sich zur Flucht, von der irren Meute verfolgt. Ein paar Mal stolperte er, fühlte sich gepackt. Aber jedes Mal konnte er sich losreißen und schaffte es endlich bis in seine Garderobe. Ohne Rücksicht zu nehmen, warf er sich so lang mit aller Kraft gegen die Tür, bis sie zuschnappte. Er drehte den Schlüssel herum und lehnte sich schwer atmend mit dem Rücken dagegen.

Sofort begannen die Stöße.

Unter ständigem Tony-Tony-Gekreische warf sich draußen die enthemmte Menge gegen das Türblatt, das unter dem Anprall heftig erzitterte. Tony spürte es in seinem Rücken. Als die Erschütterungen immer stärker und bedrohlicher wurden, wich er in die Mitte des Raumes zurück. Entsetzt beobachtete er, wie die Tür, der ganze Rahmen unter der Gewalt erbebte und rasch zu splittern begann.

„Ich will, dass es aufhört", stieß Tony in Panik hervor.

Als die Tür in Trümmern aufsprang und ein Knäuel von Leibern in den Raum explodierte, hatte Tony einen Moment kristallklarer Einsicht: *Es nützt nichts, du hast deine drei Wünsche verbraucht.*

Kleiner grüner Mann im Kopf

Andreas Beierschoder zog den Startergriff und die Motorsäge erwachte kreischend zum Leben.

Er betätigte ein paar Mal das Handgas, um das Gerät anzuwärmen. Jedes Mal jaulte die Säge auf und fiel wieder in den Leerlauf zurück. Währenddessen schaute er an dem Baum hoch, der schon am Kranarm gesichert war.

Eine Prachtfichte.

Leises Bedauern erfasste Andreas. Eigentlich viel zu schade zum Fällen. Aber was half es. Der Baum war bestellt und ohne Fällen konnte er ihn nicht liefern. Jemand anderes würde einen anderen Baum absägen. Andreas würde ein gutes Geschäft durch die Lappen gehen. Er wäre der Dumme.

Andererseits: Was konnte eine Fichte sich Besseres wünschen, als als Weihnachtsbaum in einer großen Stadt zu stehen und die Herzen der Menschen zu erfreuen?

„Weiterwachsen", sagte der Baum ganz deutlich, „die Wurzeln im kühlen Grund, sich im Wind wiegen und die Jahreszeiten an sich vorüber ziehen lassen".

Andreas machte einen Satz zurück. Sein Fuß stieß gegen ein Hindernis. Er stolperte und fiel rücklings in den Schnee. Gierig fraß sich die Motorsäge in den harten Boden und ging urplötzlich aus. Es stank nach unverbranntem Gemisch.

Verdutzt rappelte er sich hoch und sah sich um. Niemand. Die anderen waren gut 30 Meter weg, drüben beim Transporter und schauten besorgt zu ihm herüber. Er signalisierte mit der Hand ein *alles in Ordnung* und griff wieder nach der Säge.

„Warte noch einen Moment", forderte ihn die gleiche Stimme auf und er machte einen weiteren Satz zurück. Diesmal blieb er auf den Beinen. Wieder sah er sich um und fand niemand.

Ich werde verrückt, dachte er voll Panik.

„Nein, wirst du nicht", hörte er zum dritten Mal. „Du kannst mich nur nicht sehen".

Trotzdem zweifelte Andreas an seinem Verstand. Vorsichtig schaute er zu seinen Helfern hinüber, aber die beachteten ihn gar nicht und bereiteten den Transporter für den Baum vor.

„Bist du das", fragte Andreas zum Baum hin und kam sich ziemlich belämmert vor.

„Nein", lachte die Stimme. „Ich bin nicht der Baum. Den *kannst* du ja sehen. Außerdem kann er mit dir nicht reden. Oder hast du schon mal einen Baum reden hören?"

„Natürlich nicht", antwortete Andreas etwas patzig. „Aber wer bist dann du?"

„Ich bin der *Gefährte* des Baums".

„Gefährte", wiederholte Andreas dümmlich.

„Na ja, ich kann es in deiner Sprache nicht besser ausdrücken", erklärte die Stimme freundlich. „Jeder Baum hat einen Gefährten, der mit ihm lebt und für ihn tut, was er selbst nicht kann. So wie ich jetzt, mit dir reden."

„Aha", murmelte Andreas und klang nicht sehr überzeugt. „Bisher hat noch keiner von euch mit mir geredet, obwohl ich schon viele Bäume gefällt habe."

„In Wirklichkeit reden wir auch nicht mit euch", korrigierte die Stimme und Andreas merkte mit einem Mal, dass sie in seinem Kopf war. „Ganz recht, wir sind in euren Gedanken", fuhr sie fort, „und häufig können wir euch nicht erreichen. Aber vorhin, da hast du bedauert, meinen Baum fällen zu müssen, und da konnte ich zu dir durchdringen".

Das klang einleuchtend. Doch jetzt schlich sich ein unguter Gedanke in Andreas' Bewusstsein.

„Was geschieht eigentlich mit dir, wenn ich den Baum fälle", fragte er besorgt.

„Ich bin nicht mehr", sagte die Stimme in seinem Kopf. „Wir ruhen mit dem Baum im Samen. Wenn er keimt, entstehen wir und wir schwinden, wenn er stirbt."

„Aber das ist ja entsetzlich" rief Andreas laut aus, so laut, dass einer seiner Helfer herüberschrie, ob etwas sei. Er winkte ab.

„Nein", beschwichtigte die Stimme, „entsetzlich ist das nicht. Es liegt in der Natur. Aber nichts, das beseelt ist, geht jemals verloren. Und bedenke, einen Baum zu fällen ist schließlich keine Untat, auch Bäume müssen anderen nützlich sein. Wie wolltet ihr sonst Häuser bauen und alles, wofür man Holz braucht?"

„Wenn du es so siehst", räumte Andreas ein und fühlte sich erleichtert. „Trotzdem hast du vorhin gesagt, ich soll warten."

„Du hast doch selbst empfunden", argumentierte die Stimme, „dass es wenig

Sinn ergibt, einen gesunden Baum zu fällen, damit er ein paar Tage als Weihnachtsbaum auf einem Marktplatz steht
und dann verdorrt".

„Schon", murmelte Andreas leise, „ich
dachte, ich könnte stattdessen dort drüben
den Baum nehmen, den der Sturm ge-
knickt hat. Er ist bloß nicht so schön."

„Das könntest du", klang in seinem
Kopf, und wie ein Echo, leiser werdend,
„das könntest du wirklich tun".

„He, du", rief Andreas laut und merkte
nicht, dass die anderen herüber gekommen waren, „wie heißt du eigentlich?"

„Ich?", fragte der Schallhuber Franz
und schaute seinen Chef an, als hätte der
nicht mehr alle Tassen im Schrank.

„Nein", brummte Andreas und lief rot
an. „Ich hab nur laut gedacht".

„Mir schaugn dia scho die ganze Zeit
zua, wiest mit am Baam do redst", lachte
der Franz und die anderen fielen ein.

„Genau", entgegnete Andreas resolut
und unterband damit jede weitere Diskus-
sion. „Er hat mir gesagt, wir sollen den
dort drüben nehmen, den der Sturm ge-
knickt hat und das machen wir jetzt auch."

„Is scho recht", stimmte ihm der Franz
zu, „füa die Preissn issa eh schö gnua."

Sommernachtzauber

Ich weiß nicht mehr, wann sie mir zum ersten Mal auffiel. Aber nachdem mein Bewusstsein sie einmal erfasst hatte, nahm ich sie wahr, ob ich nun wollte oder nicht.

Sie verhielt sich seltsam.

Ich selbst saß auf einer Bank – einer zufälligen Entdeckung in diesem alten Park, im tiefen Schlagschatten der überhängenden Äste und Zweige einer mächtigen Trauerweide. Es war spät am Abend, fast konnte man sagen: in der Nacht. Ein üppiger Vollmond regierte den Himmel und erleuchtete alles mit silbrigem Licht. Warme Luft umspielte mich sanft, voller anregender Düfte, von denen ich nur die wenigsten zu benennen, einem Ursprung zuzuordnen vermochte.

Ich genoss das alles, die Ruhe, die Abgeschiedenheit, die Magie der Szene. Dann plötzlich verfing sich mein Blick an einer Bewegung am Rande meiner Wahrnehmung. Mein Kopf fuhr herum, fast erschreckt, wähnte ich mich doch völlig allein. Zunächst argwöhnte ich eine Täuschung der Sinne, denn der Park zeigte sich menschenleer. Doch dann trat eine schlanke Gestalt aus einem Baumschatten, ging – nein, schwebte – über die helle Rasenfläche und tauchte in den nächsten ein, wo sie sich meiner Sicht entzog.

Eine ganze Weile rührte sich nichts, schließlich kam sie zurück ins Mondlicht und bewegte sich hinüber zum benachbarten Baum, um dort wieder zu verschwinden.

Neugier packte mich. Einen kurzen Augenblick überlegte ich, ob es klug sei, ein Abenteuer zu wagen. Doch von der Gestalt schien keinerlei Bedrohung auszugehen. Im Gegenteil: Ein Gefühl, das ich nicht deuten konnte, zog mich voran. Ich erhob mich leise und bewegte mich auf sie zu. Vorsichtig nutzte ich dabei jede Möglichkeit, nicht entdeckt zu werden. Schließlich verhielt ich unter einer dicken Eiche, in schützender Dunkelheit und genau gegenüber einer weiteren Insel der Nacht, in der sie zuletzt verschwunden war, keine zehn Meter entfernt.

Nichts rührte sich scheinbar. Dann, wie ein Geist, trat die nächtliche Erscheinung heraus und ich konnte sie genauer mustern. Ein Mädchen, eine junge Frau. Sie trug ein fließendes Kleid und hatte langes Haar, das mir dunkel erschien. Ihre Füße waren bloß. Anmutig und leichten

Schritts ging sie durch die Mondhelle auf einen weiteren Baum zu.

Rasch versuchte ich abzuschätzen, in welcher Richtung sie sich weiterbewegen würde und entschied mich für eine Baumgruppe etwas weiter entfernt. Wenn ich einen großen Bogen schlug, konnte ich – mit ein bisschen Glück – unbemerkt vor ihr dorthin gelangen. Gedacht – getan. Leicht erhitzt erreichte ich mein Ziel und lehnte mich mit dem Rücken an eine der Baumstämme. Sogleich hielt ich Ausschau nach der Unbekannten. Sie schien verschwunden, doch dann sah ich sie wieder. Sie kam direkt auf meine Baumgruppe zu.

Mir wurde mulmig. Was tat ich da? Was, wenn sie mich bemerkte, in Panik geriet, gar um Hilfe schrie? Schließlich musste es so aussehen, als lauere ich ihr auf. Aber nun war es zu spät, mich davonzumachen. Dichter drückte ich mich an den Stamm, während sie auf den benachbarten Baum zusteuerte. Sie ging bis zum Stamm, hob die Arme und strich mit den Händen wie liebkosend über die Rinde. Dazu flüsterte sie Worte, die ich nicht verstehen konnte. Sie hörten sich an, wie das Wispern des Windes in Blättern. Nach einer kleinen Weile wandte sie sich ab und –

mir blieb schier das Herz stehen – kam genau auf mich zu.

Schreckensstarr, keines klaren Gedankens fähig, wartete ich auf das Unvermeidliche. Dann blieb sie plötzlich stehen. Etwas Mondlicht fiel durch eine Lücke in den Zweigen auf ihr Gesicht. Ich sah große Augen, die mich ruhig musterten und ein Lächeln, das über ihre ebenmäßigen Züge glitt. Dann wandte sie sich geschmeidig um und lief leichtfüßig davon. Nicht in Angst, eher wie in einem Spiel.

„Warte!", rief ich hinterher, doch sie reagierte nicht.

Schon hatte sie sich eine ganze Strecke entfernt. Ich weiß nicht, warum, jedenfalls setzte ich mich ebenfalls in Bewegung und lief ihr zögernd nach. Sie steuerte auf die Ruine zu, das alte Kloster am Nordrand des Parks, das nur noch aus Mauern bestand. Bald hatte sie die Pforte erreicht und verschwand durch sie hindurch. Langsamer folgte ich. Ich bewegte mich durch eine große Zahl von Räumen, die sich Licht und Schatten teilten. Sie waren alle leer. Endlich erreichte den Klostergarten, der das Bauwerk nach rückwärts abschloss und von einer hohen Mauer vollständig eingeschlossen war. In seiner Mitte stand ein einzelner Baum. Meine Unbekannte sah ich nirgends.

Ich ging auf den Baum zu, bis ich dicht davor stand. Dann blieb ich stehen. Es war eine junge schlanke Kastanie. Ihre fünffingerigen Blätter bewegten sich sacht in der lauen Brise und ich hörte sie leise wispern. Nachdem ich ihnen lange Zeit zugehört hatte, machte ich die letzten Schritte bis zum Stamm. Wie zuvor das Mädchen legte ich meine Hände auf die Rinde, spürte ihre Glätte und ein ganz leichtes Beben.

Stimme der Natur

Alles wirkte öd und unbelebt, als die letzte Baumaschine abgezogen war. Geometrisch steril stand das Haus inmitten ockerbrauner Erde, die, zwar zum Schluss glatt geschoben, noch roh aussah und nicht, als könne dort in absehbarer Zeit ein Garten grünen. Lediglich an den Rändern und in den Ecken, wo die sperrigen Maschinen den Boden nicht erfasst hatten, drängten Quecken durch die Krume und gaben dem Ganzen einen Hauch von – wenn auch unerwünschtem – Leben.

Das nahm er sich als Erstes vor.

Er versprühte ein spezielles Herbizid, welches dem lästigen Unkraut bald den Garaus machte. Kaum waren die letzten Gräser vergilbt und abgestorben, als seine Frau begann, rund um das Grundstück all das einzupflanzen, was wohlmeinende Nachbarn und Bekannte übrig hatten oder in ihren eigenen Gärten nicht länger beherbergen mochten: Büsche, mehrjährige Stauden, das eine oder andere Bäumchen.

An der Böschung zur Straße hin säte sie Massen von Sonnenblumen. Währenddessen ließ er nach innen hin von einem Gartenbaubetrieb fachmännisch Rasen anlegen. In den nächsten Tagen bestimmte ein anhaltendes Hoch das Wetter, es fiel kein Tropfen Regen und das Grundstück blieb, wie es war: braun, unwirtlich, mit einer zaghaften grünen Begrenzung. Da halfen auch die Blumenkästen mit Geranien nicht, die sie eifrig hergerichtet, er murrend befestigt hatte.

Er kaufte im Baumarkt einen Rasensprenger und bewässerte tagelang die Ansaaten. Endlich zeigte sich erstes Grün. Zu seinem Ärger hatten alle denkbaren Unkräuter gekeimt: Disteln, Löwenzahn und was sonst noch. Weil der Boden von der tagelangen Berieselung unbegehbar war, musste er die Störenfriede zähneknirschend ertragen. Aber seine Stunde würde schon noch kommen.

Dann schob der lang ersehnte Rasen zarte Spitzen in die Höhe. Ungeduldig verfolgte er das Wachstum und kaufte vorsorglich einen Mäher, obwohl der Gärtner ihm eingeschärft hatte, nur ja nicht zu früh zu schneiden. Immerhin konnte er nach einiger Zeit dem Unkraut zu Leibe rücken, was er mit Entschlossenheit tat. Die Zeit verging und im Spätsommer war das Grundstück kaum noch wieder zu erkennen.

Ein Wald von übermannshohen Sonnenblumen grenzte es zur Straße hin ab. Das sah für einen Hausgarten zwar etwas ungewöhnlich aus, gefiel aber, wie Passanten ungefragt verkündeten. Der Rasen war üppig gediehen und hatte den ersten Schnitt unbeschadet überstanden.

Es kam der Herbst, in dem sie zahllose Knollen und Zwiebeln vergrub, er vier Obstbäume pflanzte, die wie Soldaten bei der Parade exakt ausgerichtet standen. Im zweiten Jahr legte er einen Gartenteich an. Danach beschränkte sich seine gärtnerischen Interesse im Wesentlichen auf zwei Aktivitäten: Rasen mähen und Unkraut bekämpfen. Zwar wandte sie trotzig ein, Unkräuter gebe es gar nicht, vielmehr sollte man sie Wildkräuter nennen und sie seien, geschickt im Zaum gehalten, durchaus eine Bereicherung für einen zeitgemäßen Garten. Doch davon wollte er nichts wissen.

Stundenlang stach er Löwenzahn und Disteln, glättete Rasenkanten und war teilweise sogar mit einer Handschere hinter unerwünschtem Bewuchs her.

Des ungeachtet forderte die Natur ihr Recht.

Vögel ließen Beeren und Früchte fallen oder verteilten Samen mit ihrem Kot,

Eichhörnchen verloren Nüsse, der Wind wehte Saatgut an. Mit den Jahren veränderte der Garten sein Aussehen. Sie liebte es, nur hie und da einzugreifen, sparsam zu korrigieren und ansonsten alles so zu lassen, wie es sich entwickelte. Lange Zeit konnte sie still am Teich sitzen, den Libellen zusehen, sich an einer Blütenrispe freuen. Sie lauschte in sich hinein und vernahm dort einen Widerhall, ganz so, als kommuniziere der Garten mit ihr. Dann fand sie sich eins mit ihrem persönlichen Paradies. Wenn sie zu ihrem Mann davon sprach, tat er es als dummes Zeug ab. Ihm war der Garten zu ungeordnet.

Eines schönen Frühsommertages, als er in den Büschen wütete, Äste abschnitt und das, was er Unkraut nannte ausriss, ergriff sie eine schwere Weinberghacke, die hinter ihm auf dem Rasen lag und schlug sie ihm mit aller Kraft über den Kopf. Fassungslos stand sie danach, starrte auf ihn hinab, wie er blutend und offensichtlich leblos halb im Gebüsch lag und konnte nicht fassen, was sie gerade getan hatte. Da war diese Stimme gewesen. *Töte ihn*, hatte sie gesagt, *du musst ihn töten.. Sonst tötet er mich.*

Inhalt